蝉鸣录

玄叶 著

山西出版传媒集团

北岳文艺出版社

·太原

图书在版编目（CIP）数据

蝉鸣录 / 玄叶著. —太原：北岳文艺出版社，
2021.6

ISBN 978-7-5378-6412-1

Ⅰ.①蝉… Ⅱ.①玄… Ⅲ.①散文集—中国—当代
Ⅳ.①I267

中国版本图书馆 CIP 数据核字（2021）第 105938 号

蝉鸣录

玄叶 / 著

//

策划
张荣荣

责任编辑
贾江涛

书籍设计
张永文

印装监制
郭勇

出版发行：山西出版传媒集团·北岳文艺出版社
地址：山西省太原市并州南路 57 号　邮编：030012
电话：0351-5628696（发行部）　0351-5628688（总编室）
传真：0351-5628680
经销商：新华书店
印刷装订：山西润金容印业有限公司

开本：890mm×1240mm　1/32
字数：115 千字
印张：5.625
版次：2021 年 6 月第 1 版
印次：2021 年 6 月山西第 1 次印刷
书号：ISBN 978-7-5378-6412-1
定价：49.00 元

序

余，生丁巳十月十五，正值清平待兴之世。幼居九都洛河之畔，幸存书香有余之家。

吾祖，籍河南嵩城，乃武状元后裔。道光年，仕途遭变，隐归故里，三代单传，续至清末。

祖，舞象之年，择媒娶，新婚挑巾，妇脖现疾，休之。后纳岳氏，育一女至十六，貌美远闻，于绣房持针线坐殁。后复得一女。近天命，终得一子，取名：红。

父幼多病，祈易养，着红衣，脑后留气死辫。五龄入塾，聪敏博记，稍长研耕绘事，勤勉广学。弱冠，聘指腹女高氏，得一子。

祖母岳氏，马庄人。其庄世存"梁上君"之习，从祖，此习不绝。祖，友广面宽，恶祖母甚，夜出豪赌于市。三日，尽输牛骡田地，携父投秦。祖母病故，父原配携子易嫁。父秦谋，阅广历辛，纳杨氏为妻。

祖年高思乡，归根自居土窑之内，耄耋，得不食喉疾，避室畏光，枯槁而逝。父失祖心伤，择居洛城。

外祖家殷事农，质朴为仁。外祖母乃军阀之后，其父为军长，英武俊朗纳三房姨太，俱貌美。行军途中，副官贪夺美妇，暗枪马上而卒。将亡兵乱，祸临祖母，念其幼，未开语，卖作童养媳。

母属长女，性温良，精女红，娇为外祖掌中珠。及长遇父，慕才而钦，随之。可谓一世颠沛，半生流离。

余，幼承父蒙，读书习绘，辗转漂泊南北，得阅人事百态。桃李之年，离亲自求，际遇多舛，命随运沉。盲逐奔劳，年华虚耗至不惑，福慧未增，业事无成，遗母孤逝孝亡。

愧悔之余，百味陈杂，凝肠难消，结尘埃于方寸。复感世沧如幻，雁过遗空，不由人操。故，茫疑寻径，妄作蝉鸣，挽影留迹，记之一二。然，吾幼失学，才薄智钝，仅以简言淡笔，了述实情而已。

目录

洛河记

地　藏

北地冬春，物稀蔬贫，识野蔬者，应节气觅，以丰口欲。

龙门香山，多石壁峭崖。如月，迎春抽条叶发，崖上倾泻而下，繁茂如瀑，黄花悬缀其上，映目含笑，尽洗冬光。

山石杂草间，有物丛生根部似蒜，叶长如窄韭，熟食清香可补脾胃，生食辛辣能调食欲。共邻者白蒿，又名茵陈，叶缘狭叠，表生银白绒毛。四月采晒，入药性温，主补气血。鲜采，拌黄白面蒸之，佐以油盐葱蒜，味厚醇香。

溪渠内多隐野芹，其叶绿中空，茎直偏寒，入水沸焯，姜温其性，制为包饺，频食不厌。

谷雨前后，诸树花开，街前房后，众人齐出采之。榆树多枝，叶沿如锯。榆钱嫩绿，成团簇拥。构树穗吊如虫。此二物，亦辅面蒸食。洋槐叶对生椭圆，花密色白，常惹蜂聚。槐花生食味甜，又可取之浸泡后，出花静置去浮水，可得，偏绿藤黄色。用时，入桃胶调和，所绘之物别致娇美。

路边林内，连日雨下，突生奇物地皮。其形如掌，大小不一，色似木耳，薄如皱纱，轻覆于地。拾归，随心食用，堪称味绝。

母曰："山蔬草味，南北有别。南地温热植繁，性殊多毒，可食用者稀。北地明分四季，历冬寒降，百草尽枯。春开阳升，地气催发，植类性多温甜，鲜有不可食者。牛羊人畜均得滋养，天功地德，庇利群生，何有息哉！"

洛阳西南，北麓嵩城，进伏牛山途经一谷。谷内两侧，山高岩斜，怪石嶙峋长数十里。谷底，水细石布，小石如卵，大石如牛，横卧竖立。行人脚踩石上，群石齐语。试呼一句，谷响山应，声荡数里。

谷尽登岭，顺羊肠而上，酸枣满枝青红，随手摘食，酸甜浸喉。远处坡上，两三柿树，随日偏斜，果红如涂。

翻数岭至一沟，牛哞羊咩，田横木稀数十人家。院墙以土石垒砌，门矮户开，炊升烟袅。村头妇嬬围坐皂角树下石条之上，纳鞋纺线，闲话家常。姑，黑袄裹巾，截面迎之。入其院东厢房侧，随风树高，梨黄欲坠。后院崖上，洋槐斜探，泡桐成荫。

居月余，村人每饭，男女老幼，捧碗握馍，房内、院中、门外、树下，蹲聚而食，边聊以近况农事。

对村有山小荒娃。孩童饭后，驱牛赶羊，循山而牧。暇隙，寻挖细辛、血参、薄荷等草药。或剪皂刺，打山鸡、追野兔，遍翻石下，寻蝎逮抓，扁入裤角，晒干备售。

随邻童戏，觅至牛粪处，掀粪一旁，现洞，入水满灌，有蜣螂浮游而出。其体漆黑，头带棱角，体健力蛮，亦落童手。几番施为，墙角屋后得十几只，投之火烤，剥壳分食。

山中地瘠水乏，鲜种菜之习。不惧劳力者，种些许萝卜、辣椒、白菜，累数月侍，所获瘦小量微。唯盛产红薯，红皮黄心，甘甜清脆，巨大者，达十余斤。食法多样，为村人主粮。薯叶则墨绿丰厚，煮、拌、清炒，食之青涩，味得山气，质如大隐。

金 崖

西山内金崖，横高千仞，地势险要，崖底沟平，河浅沙细，水清流缓。偶于午后，日落霞丹，立堰遥望，崖壁通体红艳，似烈火烧炭。

金崖乃父故地，先祖为仕，罢官避祸隐此。早年家富，祖室藏古画、书籍、黄榜、金条、土枪等。父曾自嘲曰："吾等为武状元后裔。"后逢变离乡，不惑归来，亲去宅倾，田荒邻疏。父拟重建，借族人土窑暂居。窑内冬暖夏凉，兼有蛇蝎出没，母任其游，竟也相安无事。

邻村唱戏，父携姐观，夜深戏散，月隐路黑，几人摸行至僻地。山寂草荒，枯枝树曲，坑洼路窄处，姐步乱扑地，起不能言，驮之归卧。

次晨，见其偎依席上，呼之不答，唯瞪目挠席，声沙涩闻。午来老妪，面皱身瘦，着短襟，碗舀缸水至床前，嘟哝有词，以帚蘸水弹洒姐身，嘱睡而去。未待天昏，便自起开言，态复如常。

此地，户户种棉纺线，自制鞋衣。是夜忽闻杂喧。父起，外探究竟，归曰："西南二十里马沟村之民，重亲而团，世传陋习，老幼妇男惯行偷盗。但经处，大至牲畜，小至芝麻，顺手牵之，不使走空。日前，众聚听戏，与马沟人争，愤然而散。今结妇壮，趁月明，来摘田中棉，为人觉，追赶不及，得大半去。"

天边鱼白，村人议罢，父往马沟调追失棉。早饭毕，备礼将往，母虑此行难周，现忧色。父慰曰："吾母乃马沟女，今虽亡故，其亲族势强，若亲往以礼，其村人好义重亲，定得妥当。"去三日，马沟村果自遣人，尽数送还。

余向胆弱，偏好闻鬼怪异事，入耳存心，见影恐恐，听动慌慌，但夜黑，惴惴而不宁。

挑灯夜话。父曰："幼时一晚，熄灯将眠，门响声急，启乃村东王妇。其云：'吾夫夜出借物，久不回，可在否？'汝祖曰：'未见。'妇去。次日，人早起入田，见王某俯卧乱石壁下，摇之不醒，抬送归，其妇哭号。请医为调，转醒，口歪眼斜失语。半载稍愈能语，人问其由，云：'那晚，村西路黑，前有人，身瘦约高四尺，似李某。呼之不应，尾后观何为，至僻地石埂处，其背立而止。复呼仍不应，近探，突身转面对，蓝脸尖耳，口、鼻、目俱无。吾顿惊声，醒来已在床间。'人皆谓其病幻耳。"

复曰："向南张家，娶媳未久，为婆欺，含恨缢亡，埋尸道旁。一行赶早集，套车马上路。天昏雾笼，至妇坟，忽起一声凄厉，闻之毛发悚立。领头骡嘶鸣跪卧，任鞭不起。众人无计围坐，待鸡鸣，骡始不驱自立。"

父问："可见窑后秃头翁乎？其乃鳏夫，剃头为业。壮年时，别村归晚，行村北炉石沙坡，闻有声呼：'剃剃头，剃剃头。'回望，不见一物。复行，又呼。鳏夫怒曰：'剃剃就剃剃。'放挑环视，四顾茫茫，坡寂人空，唯遍地白糖，抓之食，甜不可言。晨，人省亲过，见其横卧，口中尽填沙石，头上参差半秃。呼之醒，大病一年始愈。"

后，余登坡玩耍，见沙呈片状，大若磨盘，小若甲盖，色分青、黄、粉、绿。因风或物理故，不时滑堕沟下，唰叭声巨，虽远可闻。坡间或树下，沙细平铺，有如指划之圆圈，环环相套，大小不一。归问父曰："汝所见，鬼推磨也。"

新宅盖就，屋高院阔，种以菜蔬瓜果。大门半掩外，护墙低沿，栽树垒石。父取土和麦壳，制火炉，腹壁内留三洞，炉火旺时，随手掷红薯、花生、面果于内，待熟取食，焦黄香脆，不畏灼烫。

秋后农闲，父于上房摆桌点烛，开讲《岳飞传》《雷公子投亲》《三侠五义》等。饭后，村人结伴来集。有心者，专职茶水；沉境者，静耳摄听。人多时，席地环坐，夜夜室满。

父通经史野集，所说之书，文畅音清，生动情真，一时名传八乡。

病

闭户出山，居关村，父犯牙疾，疼痛不休。医传单方，需甘草、蒲公英、车前子、蜂房等，诸药齐备，唯缺蜂房。出觅，老宅檐下见，持长杆以捣，巢震蜂出，飞鸣而攻。余不及避遭袭，疼痒难耐，涂生蒜几日乃消。

有妪，患多年眼疾，泪流惧光，恍若目盲。母察，为出二方，令取野菊，熬水擦洗饮用，或自取晨起宿尿，趁热洗目。

妪依行，未久得愈。

父咽津疼，遍医无效，村人荐："东行翟镇兄弟，医术精湛，专医喉疾。"父携母往，每早晚，医持热铁入喉烫烙，喷药粉味若黄连，并嘱忌食猪肉、腥膻、辛辣等物。月余疾去。

初至此村，赁居一户厢房。房东之妇王氏，面冷寡言，唯三餐勤侍其盲母。久居见一叟，身瘦形枯，于午前持杖，静坐大门侧。王氏但见，紧闭其户，严嘱勿令叟入。邻人，常施叟饭，食之即去。

一日又来，日斜未饭，母怜，调餐予叟食。王氏瞥见，色难，甩脸而去。母遂询故。王氏曰："吾姐弟三人，幼家殷实，至七龄，村东一妇新寡，父与私厚，钱物油粮尽供其用。弃吾等断学粮绝，忍饥受贫，母寻求父，频受驱谩，无奈以病身行乞，勉养幼弱，添愤叠悲，泣瞎双目。历千辛，熬得儿女成室，寡妇疾终。其子纳妇不容，逐父于外，投靠无着寻来施助。虽云骨肉至亲，然其行逆情悖理，人意难平。吾不才，甘受世人眼目，万无和解之理。"

街南一户，房东居前院，西厢则赁与木匠。木匠人素平实，一日，突发狂症，手舞足蹈过后院而来，抱树撞墙，不亦乐乎。邻人竞至围观，缚之室内，夜半才息。后隔三岔五，无故发狂，不耐其扰，令其别居而去。

通南王姓，事业从医，共妇陈氏，年近耳顺，育三女，与父相熟。某日，王家女来访，坐谈甚欢，将去禀曰："望携三妹同归小住。"父允之。

至其宅，门高院深，四下洁净。陈氏，人清瘦，每日三餐细调，遣余送往堂上，供其夫食用。其夫面宽体丰，举止沉稳，自居上房东侧，常独坐堂上，饮茶看报。陈氏则居西侧，忙罢杂役，便自闭其室，静悄无声。居数日，未见二人通一言半语，偶行相对，亦默首错过，遗落一院寂寥。勉居月半而辞。

不日，王女又至，小坐后，复邀同归，余辞不就，再而三请。母问："何由请坚？"女沉吟曰："吾双亲自幼青梅竹马，两相情深。及长，母不畏言，违亲意，拒富者婚，舍嫁资，私配于父。父感情厚，奋学业居高位，纳收学徒，内有高姓女，活泼善学成父左膀。某午，有民子得急症，敲父门不应，急破门入，见父与女，衣冠不整，一脸惊慌羞措。此事不传自扬，高女远离别地，父撤职归家。母知情，闭门呆坐，不泪不声，三日径出，活计衣食如往，唯自居一室，不与父言，近二十载矣！母近添心头疼，劝医遭拒，吾心不安，望借小妹活境，调和家气。"

后闻其父，有日夜出未归，遍寻不见，其母焦急担忧，废寝不食而疾重。待其父归，病即愈。二人依旧语默，各守西东。

妪一则

村西沿渠一户，门矮墙低前，平延半亩黄土路。对门矗立一片杨树林，午后艳阳高照，林密风起，树叶舞作一片啪啪声，入耳为之恻恻。曾闻堪舆师云："院后不植桃李柳，庭前莫栽鬼拍手。"鬼拍手，即杨树。

入院，窄长两进，门旁斜倚一棵老桑，大叶枝弯，压墙而出。父借居西厢，室有花格窗扇，夏日外推，以木棍撑之，院内所有，尽收眼底。

户主郑姓，已故多年，遗二子一妪。长子淳朴，左颊有青色胎记，次子羸弱腼腆。妪约七旬，面白身瘦，着玄色大襟，同色缅裆裤，裹小足，蹬黑面布鞋，神足气定，异于常人。

夏热，父常窗下兴笔墨事，妪过，操臂静观，与之言，不语去。入暑院内纳凉，蚊虫叮扰，父持蒲扇频驱。妪见曰："观汝，勤习耕文，浸书香雅事，岂惧蚊热乎？"言未毕，自去。

一日父凝神，竭力于烹文煮字。妪次子，窗外递纸笔，曰："吾母遣索二字。"问何字。曰："疙瘩。"父为书，妪子去。

不日，妪子复来曰："吾母遣索'疙疥'二字。"父蹙眉，搜肠不得，遣之去。寻书觅，亦不得，暗自懊恼。

三日将昏，妪至问："日前，吾索字可会否？"父答："不会。"其出纸，上以小楷书"疙疥"二字。遂曰："枉汝习文，此简便日用字，竟不识会。"言罢，转身自去，父诧异之余，甚恶之。

余姊妹戏耍，稍有喧声，妪便出责。若不慎院遗乱迹，妪即告母，责罚清扫。

秋风乍凉，晨早起，瞥妪闪门掠过，奔后院茅房去。心奇尾后，立于墙外，闻其内，强忍呻吟之声。余掩鼻窃喜，往来踱步，做咳咳声。妪呼曰："年老肠急，未带草纸，烦劳，移步代取。"闻意，止步休声，速遁堂前，弯腰失笑告之云云。母斥曰："人有三急，病急、厕急、情急，何耻笑耳！"

迁居村东，清明后，邻人议，村西郑妪卒。旁听云："晨将餐，子呼妪起不应，破门入，见妪仰卧衣整，身凉体僵。床头摆一木盒，内置旧黄书信、首饰、金条若干。"

昔郑户主，人憨厚，三十未娶。某早起开门，见一女子，着深色旗袍，怀揣包袱，俯卧门侧，满脸病容不掩白净。扶入调养，居年余，问女何处来，籍何地，俱不答。女识文断字，后为郑家妇，然，不事农务女红，不厨炊，亦不与邻人交，产子后，移出正房，自居东厢。今逢身故，籍贯、姓氏，终不得知。

越年，路遇故人，聊郑家事云："妪去三年，长子悄离不知所向，次子无故病亡，独留宅空院沉。村人每过其处，冷气暗浮，心慌恐生，绕道而行。"

送　枣

巷隐一户，翁故宅空，父爱其庭深院静，赁居之。

四月，院桐叶大如扇，花开淡紫，摘之去蒂，吸食其蜜，香甜留齿。入夏，树间高低悬垂诸多细丝，末端结褐色口袋，大似烟嘴，每袋一虫，摇头晃脑不知何为。闻："桐花能食，种子可入药。桐木纹理白细，音声通透可制乐器。用于雕刻，木质平柔价廉，不走形，易行刀。故寻常百姓，所用家具、寿材，多取此木。"

父午卧书房竹席之上，姐持一物，掀帘呈曰："后院杂草间耍，泥藏此物，抠取之。"围拢近观，锈迹斑驳，擦拭，现一光顶肥首人。父曰："此乃银圆。"遂往，翻土遍寻，得数十枚。

隔壁院，枣树高出房脊，春至花稠叶密香过墙来。余常登砖爬墙，俯见灰瓦檐低下，花格重门联扇关闭，漆陈木旧，尘声不起。

秋至枣熟，午休人静，与姐三人爬墙上脊，探身摘之而食。

将昏，门传叩环声，穿院启见一妪，手提满篮鲜枣，笑曰："枣多，无人食，弃之可惜，分助以尝。"母推拒不成，谢纳，越日复送，直至枣尽。

父喜食凉菜，母取萝卜切细丝，以葱、香油调拌，青脆爽口。萝卜叶、白菜心，蘸酱生食，亦属美味。每调鲜蔬，便遣送邻妪共享。

雨后，妪共母闲话，曰："那日房中午歇，闻外异动，见三小儿脊上摘枣，颤颤悬悬，恐闻声惊坠，悄息以静，任由放摘。思虑为枣，复登险地，故送之。"

妪约六旬，出身富庶，嫁旺族。后境迁夫亡，子居海外，女择市嫁，便独居自守。见母贤淑，劝叙曰："为人之性情，不可过刚过柔，刚易折，柔落懦。吾夫生前忠厚，族内忍上护下与人无争，数十载尽其生，无违人之言行，遇难苦事，全然自受不扰他人。后，聚逆成堵，纳病肺腹，亡生损寿，遗吾独存孤老。汝等年富，当引以鉴。"

失　蚕

桑绿时节，邻人养蚕，讨卵安置盒内。初为紫点，渐转蚁大，投桑喂食，蜕皮几层后，洁白柔滑，昼于掌上玩赏，夜闻食叶声沙。

养有日，大约六厘，通体丰盈透亮，呆憨可爱，于案头探伺频频，视若至宝，唯恐不周。随父日出晚归，速步桌前，盒空桑乱，遍寻不见，怅郁甚久乃罢。

午后汗热不消，窗外日晒正炎，远处林间蝉声不断，闻之昏昏欲睡。姐掩卷，轻扯余袖，二姐紧跟，弯腰蹑足轻启大门，放步而出，踩墙荫，穿巷村头，钻桑林入。其林远延近百亩，树高约丈许，横枝叶茂，满结桑葚。三人扯枝摘食，未待出林，已手黏舌黑。

林外渠边，树落虫香金金，大似指盖，头小足短，壳背闪亮，色有绿金、黄金。抓之戏，无辜而温顺。兼有相似虫，壳色沉暗，不慎触之，体出黄液，臭不可闻，洗之味久不去。旁边椿树，叶间栖蛾花姑娘。其外翅淡灰薄透，兼以黑点，内羽色浓朱红，扑之振翅，极美艳。

渠上白杨荫下，货郎翁旁，围坐数位少年，前搁木箱平开，内摆糖果、皮筋、毽子、头绳、发夹等。翁约七旬，面黑髭乱，持旱烟，正讲道："夜暗灯昏，乌盆开口诉冤处。"众人皆倾耳，浑然不觉，水流风动，日暮偏西。

村安静久，忽而躁动，邻人云："桂月农闲，慰劳邀娱，高搭戏台，伶人将至。"

墙外巷中，村主调空一宅，置戏班入。天未亮即闻，咿啊之声不绝，余无心于读，猫后院越墙观之。见刀枪棍棒，人出人入，有素面戴须声朗者、持枪咬牙瞪眼者、顶冠摇首鼻白者。复有生，着长袍，挺腰身，一步一顿，踱步前行。观之忘形，尾其后，背双手，摇头晃脑，效之数步。忽闻有老者呼："汝子可教也。"余顿惊，仓皇而逸。

夜暗，村人饭毕，老少各带坐具，人声嘈杂，聚候台前。余潜巷房行头窗下，踮足探看。女伶对镜，吊眉抹彩，插珠贴柳。耗时久，锣鼓开，数番打板，旦出台上。黑衣青巾，鬓颊腮红，粉鞋罗裙，音声婉转，一场《寒窑》唱至后夜方散。

次日晚醒，书房语声彼起，趋帘见，日前呼余老者与父对坐漫谈。此老身匀面和，言止儒雅合度，右足微跛。

茶尽辞去，问："何人？"父曰："吾少闻，洛都横出一扮猴武生，身怀绝技，名动豫城。"问："何技？"曰："旧时戏台，上有垂幕高约丈许，其若出演，必高升几尺。待鼓响锣开，便于幕上翻腾越下，英姿飒逸，身段俏捷，达官显贵争相聘演，一时红极，便恃仪丰技高而狂，常倨礼于上下。后又施技，梯倒幕倾，人昏骨折，调养命存，技不复矣。吾少从汝祖处闻知此人，不想今遇。"

洛阳铲

金崖人二柱，来求一技，父诺授。初秋，托其照看余等，携母游黄山而去。留三人，摸鱼爬洞，钻林打狗，得大自在。

野外河渠水清，田横蔬绿，萝卜青皮半露，芫荽花似星聚。穿桐林登丘，杂草间空穴凹隐。俯地扒沿内观，口小腹大如鼓，壁描彩绘，做声以呼，回声闷嗡。

循之丘地，遍布小孔，大小如盏，深不可测。逐孔迹，往东入林，有两人持长杆数尺，杆头嵌铁筒呈斜角，探地而钻。

问其何物，做何为。答："此钻地尺，捕蛇抓妖用，汝等速去，勿为所伤。"随观良久，但见杆入土出，不见有甚奇物，离之别戏，兴沉暮归。

暑热夜长，以瓜代餐，置席院中斜倚横陈，耳闻虫鸣，酣然入睡。

中旬，外传喧哗，出见街道两旁遍贴喜字，王姓门前人拥物塞。有车上放缝纫机、电视、自行车、被褥、包袱等。门旁分坐乐手，唢呐、笙、胡齐奏，锣、鼓、铜镲交鸣。有童雀呼，人群骚动，新娘红衣绿裤，圆脸含羞，进入院内。随行老妇，分撒糖果，围众哄抢欢嚷，喜气洋洋。

八月父归，训斥荒书，布业划课，苛律严行日习二十字。余常不会，描字臂上，待父询，俯首私窥作答，屡不为察，暗暗窃喜。一日又施，为父察，板责禁足，不得外出。每日但见树摇影移，风行云游，偶闻院外人语童戏，恍如隔世。

月尽，回民马姓客至，其乃城北名士。入坐堂上，纵谈墨客逸事，得意处眉飞色舞，唾液横飞。近午将饭，父厌其鄙，私拟菜单云云，托词而去。

饭熟肴上，凉拌猪耳、青椒猪肉丝、熘猪肉片。马某面现难色，姐递箸，殷劝进曰："阁下折尊来访，吾父事繁，特嘱礼款。吾等年少，不善烹调，仓促简蔬，望垂尝。"其闻乃父专嘱，起身愠色，愤然而去。

街传喧嚷，王姓门前，拥乡民数十争吵不休，至愤处，推搡脚起，扭作一团。呼村主来调，究斗因，为新嫁妇。

新妇卞姓，与王家乃媒说。王家郎初见卞氏，观其貌温态柔，一目倾心，筹礼下聘，择吉日迎。婚后四日晨，王家郎甩门出禀堂上，力求休妻。问其由云："新妇，貌和应迟，实为口吃慧缺，尤不堪新婚四日，尿褥三床。"其母闻之恼怒，退婚不成，强送女归，遭卞族人拒。此事后续，依法断离。王妇，回做卞家女，沦为村人饭后笑资。

霜降，姐往金崖，父携余南下访友，待归已是初春，家人团聚，择居龙门。识同宗姐弟三人，女身健，倔强性刚，常携弟妹山间河边结襟共戏。

入伏，伴游山脚核桃树下，口渴觅水不得，抬头树高，危枝间青色果悬。女卷裤撸袖驭险而上，施全计得一果下，欲剥皮分食，其弟妹各争独食不让，一时弟拳妹号。女劝无效，怒起摔果碎地，复以足摧，怒曰："俱勿食矣。"见果毁，二人顿止，垂首含泪，各怀悔色。

三　老

龙门，面临伊水，背靠香山。北向长街有影院。过暗廊，入院三进，楼西桐荫下，瓦房三间，洒扫而居。

院主张姓，酒糟鼻红，经年习颜体，五旬自创抖书。每行笔，故抖抖颤颤，致字成壅，傲以为难效之美。街上商铺告示，需用牌匾处，但送其酒食，便可得之。

后街刘翁，与父交好，其少研赵体，虽年老，仍日书不辍。翁性懦，家有刁悍老妻，常迫翁书字换银，添补家用。

是日，翁愁面来坐，酒下三盅曰："街开新铺，欲寻人写匾，妻遣吾往，已为张某人书。归家，妻责骂无能，推之门外。吾有今遇，皆因人无知少墨，张某之字粗鄙，酒换即得，满街均为其书。自今起，经此街，必双手掩面，遮目而过。"

东行偏巷，隐曲老八旬，貌清奇古瘦，专于绘事。其幼聪敏学，昔随冯玉祥曾居副官职，后逢政变，归隐故里。有女玛丽，赘婿近侍身侧，售唐三彩为计。

信步曲老处，房外排放瓷釉脱落之仕女数件。入室见桌上摆一战马，体肥腿细，形神丰逸。旁置赭石、三绿、桃胶，曲老则注神调色，描补残缺，经手处，与原色妙同难辨。

影院唱戏，父邀曲老临舍，奉茶礼酒，请以绘事。曲老曰："绘事十三科，不过传情达意，勿论上智下愚，不出此也。先人读书立学，培齐家治国之志，得遇天时，入身效命，不得意时，退隐自守，以文修身，寄情于笔端。所绘诸物，或简或繁，自然典雅通透，故而于绘事，实不过末技小道，不足论也。书以言事，先需点画分明，复求劲秀神逸。现有怪乱狂书，一纸狼迹难辨形意，毁伤纸墨，着实不堪。时人废文昧心，内粗外鄙，妄效文人雅事，无有是处。"

花繁鸟啾，满城春色。游牡丹园，遇廊壁高悬巨幅牡丹图。花紫吐芳，墨叶淋沥，题诗云：牡丹花开贵为王，洛阳城中我呈强。王孙公侯竞相看，百花折颜傲群芳。款落一"绣"字。父曰："人厌贫羡富，累立名目，借无情以寄私怀，花若有灵，不知何感。"

出园跨街，入巷寻门叩环，穿道厅内进，院深檐低。倚墙两株蜡梅，花默枝繁，有七旬老，笑迎入室。

室内案摆笔砚，壁悬条屏，窗明几净一室墨香。老叙曰："少志羡书，世农家贫，常入市售姜，偶闻此间私塾先生善书，数访得入。侍先生一载，授习欧颜，后习羲之。三载，书专日精，先生爱吾质朴勤坚，尽托家业，以女许之。至此，脱农从文，受用不尽。古人云'书中自有颜如玉，书中自有黄金屋'，应无疑乎。"

浔　鲤

龙门北之关林庙，红墙、朱门，古松、苍柏，岁越千年。庙门两边石狮盘坐，侧立石坊，前开土地平延宽阔，迎门正对，戏楼高立。逢会，庙前群聚牛羊各畜，马嘶人吼，捏码待售。官道两旁，白杨高矗，乡人各驾板车满载货物，骡马拉之，往来熙攘，人挤车塞。

主街巷内满陈农具、米粮、布匹、木材、衣物、丝线、家需杂什等等琳琅满布，应接不暇。外围道侧，摆各种小吃，羊汤、油饼、火烧、包子、凉粉、胡辣汤、清真牛肉，尤以酸浆面，最称余怀。

文载关林庙，历存一千七百余年，赶庙会之习，近四百年。洛城人赖依此会，调剂生息，至今不衰。昔关羽，临猗卖豆，与刘、张结义，逐鹿中原，过五关斩六将，麦城遗恨，其首葬此建庙，受人祭拜，成败俱如云散。关帝若知，后人因其余魂而兴庙会，得益有情，亦无憾哉！

酷暑难消，穿街至龙门口，遥见山开，泾分东西，两岸峭壁连绵，遍布石窟，桥下伊河流缓，横波光动。传龙门口乃大禹泄洪斧劈所开，伊河之鲤，若跃过此口，便可化龙。

山门旁有池，蛤蟆嘴中经年水流不断。不远一眼温泉，清蓝见底，本地人无分冬夏、晨昏，皆入而沐。依山径奉先寺上，断壁残垣，群洞仰开，众石佛，坐卧林立，语默伊水，寂对青山。

河退水浅，余便滞留玩耍，下河摸石，逮鱼捉虾，乐而忘返。父亦每暮垂钓奉先寺下。为得鱼归，月升星移，甘耗心力。伊河野鲤金黄须短，体态硕美，性敏食刁。父常纶空不乐，偶得友私传密饵，以小米浸酒月半，取蛋黄红薯投面蒸之，炒花生碾末，调酒反复搓揉成团，味之醇香，嗅之欲食。自得饵，父每钓必获。

一日，往河东游香山寺，午尽将归，下至岸边，卷衣蹚水过西而来。至蛤蟆池，见数十人背身目向河上。河内，三人两舟，手持长杆，舟立二只鱼鹰，嘴爪尖利，目露寒光，不时振翅河面，击水锁鱼而下。鱼为鸟啄，拖曳挣扎，共沉水底，翻腾间，众鱼惊走跳窜，水花四溅。少顷，便舷沉水涨，鱼满舟舱，引观者无不艳羡。

归告，父噫叹曰："伊水之鲤，当绝迹乎！"

江　湖

紫河车

晨霜微降之际，余随二老南下，依海南为标，途经古迹，暂宿以游。

入韶关，牵衣于市，拥失母迹，自戏天昏，人稀街空，顿失号啕。路人问故，领入巡所，上灯父来，徒留心悸。

母病，父满面愁容，煎药于树下。独经院廊，瞥有妇抱新生婴戏。廊尽床前，母拥被侧卧，指廊间妇处，嘱遣近婴一面。余嗫嚅拒。母红目责曰："婴乃汝同胞妹，竟懦做一目别，真乃无用之菜狗也。"言落，掩面而泣。

离韶关，山行两日，道路颠簸，雨降不止。途遇橘林，果皮墨绿，大似香瓜，延连数十里。潜林摘食，酸涩侵肺，啜嘴呵舌。

黄昏，止小镇，腹饥神倦，择居客驿。父遍寻街尾，携生煎归食，余厌食荤，恐受责，启窗俯沿，假观雨斜，暗投生煎于外。

父出留课，独生寂寥，信步驿馆登记处。有三妇内坐，招之，戏询家事。余曰："吾父事丹青，笔走神速，现青龙、彩凤、群花、百鸟于须臾。学纳五车，通地理天文，能掐会算，知人运祸福，四海存友，且富。"见妇笑，继任海口，持三人手逐观，向断福禄寿限，又索纸笔为画。得赞，获糖果出。

母脚崴，闭室调养，暇于窗前事绘。未几，来一少年，面黄身瘦，衣衫褴褛。连日默观，与之搭话，怯而不语。是日又来，提鲜橘内投，向母哑声曰："愿从师习绘。"言顷，径奔而遁，不复见。询人云："少年父亡遗母，乞食奉亲，其母病卧，惧其学艺离弃，责令禁习避之。"

有妇，为医护长，羡母才遂结兰谊。惜母体弱食简，邀约其宅，厨下烹饪有时。上肴，色美味鲜。食近半，妇呈煲，启盖热气弥漫，连呼："汤靓。"汤内黄芪、枸杞，浸肉若鸡。盛之，殷殷劝进，不待尽，争先为添，推拒不得。未几，探首问："汤若何？"母答："甚好。"妇得色曰："此汤材宝贵，乃托友候数月得，以慢火焙煨半日，特为汝调养滋补用。"问其："汤内何物？"答："紫河车。"母闻，胃逆肠翻，干呕不止。

镇有书市，以绳横拉隔距成室，依层满挂图书，置小凳，租阅一本仅几文。余常滞留翻看，《西游记》《聊斋志异》《西厢记》《玉娇龙》《红楼梦》等等，每选数十本，埋首不觉，半日即过。

闲巡驿馆，长廊尽处灯光晦暗，有室满放竹筐，鲜蛋成丘。有一女扶筐分蛋，口计以数，旁立壮年男子，出言以戏。见余遥观，女展眉呼伴，并予职随计，五十七、九十八、六十三，数乱几次颠倒。

不日，门外遇，女沉面拉之，向父讼诉曰："蛋数有缺差半，亏银皆因汝女。"父赔笑以礼，女愤愤去。余遭父责，斥之禁出。

是年冬至海南，乘船夜渡，头晕脑旋。天明登岛，随处椰树高耸，挂果累累。市见妇女，皆着白、蓝、浅花，斜襟短衣，下着深色宽裤。发短齐颌，顶挑细绺斜梳，以红绳系，肤色黝黑健壮，肩挑货物，赤足而售。晚宿，夜闻海涌涛巨，父惧岛没不寐，早起速离。

返程，绕经天津，寻友不遇。入京留游三日，归返洛都。

添　足

壬戌之春，举家经湘至桂林。幽静处下榻，所需妥当，已近掌灯时分。

雨停，三人自出，顺江而游，一路风清，房舍鲜有。漓江之水平缓沉稳，两岸凤尾竹密，连绵如带。江面偶过竹排，人戴斗笠，篙撑岸移。远处淡山似烟，轻叠云罩；近处江平竹摇，影投沉碧。纵观水天交染，横波荡漾，互添涟漪。伫立片刻，细雨风斜，发沾露结，乍寒人衣，极目尽处，雾浓竹渺，径隐人稀。

雨势渐紧，急步穿林，避至一亭。亭扬八角，独坐金发碧眼人，其肤苍白，形孤瘦，鹰鼻孤高，半脸络腮，俯石案以绘。趋观，一纸潦草。余等三嘴以嘲。其即问："汝等本地人否？"姐答："非是，吾籍九都，暂居此地。"复问："会画否？"姐曰："会，唯用毛笔宣纸。"遂绘双勾梅兰，寥寥数笔，气韵神足。

又问："汝读何书？"姐答："读《论语》《大学》《诗

经》。"其曰："《大学》之修身齐家治国，为男人事，汝女子，习有何用？"姐曰："习文立学乃本分事，何分男女，汝邦女子不读书乎？"其摇首曰："吾国男女俱不废书。"继问："《论语》云：唯女子与小人最难养也，近不逊，远则怨，汝以为何？"姐曰："人近相轻，乃常性，远而生怨必有因，有因之怨男女皆同。小人集毁、伤、诮、害于一身，举女子与小人论，乃属偏见，勿断章，妄取轻传。"

其涂画一蛇，张牙拖尾。余问："此何物？"答："蛇。"余为蛇添二足，复问："此何物？"答："不知。"余曰："此名：长虫。"其问："有何不同？"余曰："无足是蛇，有足乃长虫。汝识无脚之蛇，而不识有足之长虫，无力论女子小人事。"其闻，耸肩挑眉，摊手作罢。

雨止相辞，得意归陈。父斥曰："汝等小儿与异国人论，欠失妥当，尤不该以添足蛇戏，若此荒唐顽劣，将重罚之。"三人遭板责，晚饭不令食，背《弟子规》数十遍。

观　猴

癸亥秋，至广东新会，弃车入镇。徒步街市，甘蔗就地捆扎，色紫节壮。蔗农以弯刀去蔗皮，节砍数段，握食坚硬，甘甜汁下，触手黏沾，无水洗，寻沙土搓抹解之。

复有柑橘随处成堆。卖橘者，皆持短刀，将所售之橘，沿中轴错划两刀，橘皮旋脱，果肉呈客，橘皮自留。手法之娴熟利落，使人瞠目，客若求裹皮之橘，橘农愿多舍果，亦不甘全皮而售。闻，此地橘皮，经三年蒸晒，即为陈皮。其性温，理气健脾，燥湿化痰，年久之陈皮，价尤高，有一两陈皮一两金之说。

夜间客驿，湿热难消，房外土人频语，声涩难辨。和衣半卧，蚊鸣嗡嗡，掌之，欲睡又来。屡为袭，烦躁不耐，抓之欲狂，无计，取巾蒙面而寐。

出门侧行，入粥店。门旁，高炉叠屉，有男舀米浆入屉匀平，撒肉末葱花，内推蒸之。待熟抽出，刮翻成卷，入盘淋生抽，酱红粉白，食之滑润香糯。

土人称集曰"墟"。适逢墟日，乡下人挑筐笼，装鸡鸭时蔬以售。喧嚣中，一人胡坐，手击竹板，前放转盘，上有红睛白鼠自奔不休。地摆红、白纸包，上书：灭鼠灵。人问药效，出语成章，随板唱称："药灵，无不可灭之鼠也。"

街中宽处，人围不透，觅隙入，见一老者，衣旧面黄，持锣而敲。地中两猴，形脱骨瘦，头戴珠冠，双足着地效人行。旁置铁圈火势正盛。鞭响，大猴蹿圈而过，小猴则托盘，绕众作揖，依次求赏。见人舍少，老者落鞭抽之。猴受鞭疼痛，龇牙声嘶。观者不忍，出银以施。

友邀父，临街一店，灯昏人稀，点肴坐叙。未久，日间老者，驭猴冷角处坐，点一菜一饭自顾而食。猴见，挠爪搔首几欲抢之，老者皆以鞭退。食将尽，留些许桌下，二猴争食无余，翘首复盼不得。友趋，欲施猴饭，老者拒去。友悖曰："免银猴饱，何拒？此无情举也。"

归驿院栏，恰遇老者，父与之叙，知其周口人，几代要猴为业。

问："何故拒施？"老者曰："吾存赖猴，生息与共，然属戏业，入心不调难计。猴若饱食，体健形丰，人但观趣乐，将咨以施，故予拒。"

所居处，有徽籍陈氏一家，双亲常出寻财，数月才归。留姐弟三人，逢墟日，齐出驿馆门前，舞刀弄棒，开场卖艺。

不日，散游艺人至，开地叫场人热。陈女持刀枪出，喝曰："此地属吾，汝等至，不摸盘子，不拜书礼，强占主地，坏江湖规矩，若不速离，当倾同道人逐之。"艺人收物，拱手而去。

陈女性勇，然不识字。某早于窗外，见姐温书羡人，请教写眷属姓名，述曰："吾家习武卖艺，斗字不识，深以为耻，得遇读书人，当习之。"后每日，勤习十几字不辍。

杨氏妇

暮冬离新会，一路辗转经江门，过肇庆，走清远，越番禺，于仲春至石湾。母风湿难行，父寻友择驿，安置休养。

友家镇东，事业制瓷，父欣其艺，常往观研。友钦父，广闻多见，时常坐叙，往来不绝。月余，友曰："春和天暖，正适出行，距此不远有胜地，吾与子当往以览。"隔日，二人游韶关丹霞而去。

余所居处，驿主夫妇近五旬。男日日搓麻，鲜露面，内外事由其妇掌管。驿妇体态肥挫，面黑唇厚，齿黄衔烟，阔口每笑声似鸭鸣。

驿内两层二进，三面开室，中空天井，四围墙斑瓦黑，门窗半旧。雨绵湿重，母惧潮冷，择楼上居。院下居银匠夫妇，男门口日守做活，妇勤劳，寡言少出。隔室，有戏法男，常外出生计，偶归，戏童调妇，人见皆恶。相对数室，男女杂居尽为浙人，皆依补鞋为业，遇周遭墟日，各背修鞋具，倾户而出。内有一女杨姓，发长肤白，柳眉唇红，貌美端庄。

晨，楼下煎药，柴湿难着，呛咳连起，一时狼烟满院。近午，驿妇大呼声高，推门自入，端茶缸，向母曰："汝病行艰，为煮凉茶，助去寒湿。"

越日，母查姐背书，支吾不会。语责间，驿妇入，曰："新煲猪红汤，分予食。"不待谢，摆臀而去。煲内物，暗红下沉，大似麻将，汤色清透，漂葱绿。分盛试尝，嚼之齿间微黏弹之感，其味含香，无半点腥异。母曰："吾向不好口欲，然此汤，着实别致鲜殊。"

是日雨斜，杨女叩门入，神色黯淡曰："吾，配族内同业男，貌尚可，然无点墨，人粗鄙，深以为厌，曾避婚辞就，昨夜，父接聘催嫁，料此番难拒。吾父母，终身以补鞋为业，吾嫁人妇，亦依此为业，生子女，亦依此为业，如此周而复始，实不愿也。若蒙您不弃，愿拜为师，易命从文，终身不嫁矣。"后绝旧业，来侍母侧，勤默甘劳，不离左右。

雨收天开，又临墟日，余自踏石径，寻市而出。步止人围喧闹处，入见四旬男，面墙立于条凳之上。墙挂纸中堂式，每叠数十张，旁钉横板，置红、黄、青三色彩盒，扁笔几支。其持笔蘸三色，双手齐绘，顷刻化龙凤、蝶花为字。旁站妇，勤添盒色，凳下牛皮纸上，一女童酣然入睡。稍后，男下歇烟，妇亦画之。

归陈，问："何技艺，若斯炫丽？"父曰："此艺，江湖人称戳大花，技易习，唯色难调，其艳丽，多彩不浊，绘之速干。然，悬挂百日，色即淡褪如水。"

母病愈将离，寻杨女不见，遍询其邻，答："不知。"车备物齐，不候人滞，留书去。

至佛山入秋，得友来书云杨女事："其母佯病，央女共伴省亲，迫嫁下聘男。女坚不从。母吞药，横卧拒医。女长跪无计，泪而嫁！"

万福台

玄月达佛山，屏居祖庙后院。

祖庙大门仰开，照壁迎面上浮二龙，虬髯凸麟，张爪撩尾，突之欲出。沿廊院几进数折，九里香树，顶开如伞。园人告曰："院有人参果，可摘予食。"余惜面情措，拒未得尝。

春寒渐退，午出中院，雷鸣风起，突下大雨倾盆，降冰球似鸽蛋，落地有声。游人四散避之廊上，未及者，为球所袭，抱头惊奔，呼之声高。好奇者，檐下拾球欲戏，冰寒透骨，弃之速。

暮色昏暗，游人去，庙门闭，树叠影郁，庭沉廊寂。余出打水，独过角门将至万福台，见一瘦削少年，自台上跳跃而下，势如惊弓脱兔，双手护兜，沙沙声响，直奔庙门，越栏而去。心疑近之，翘足以察，台上雕屏敷金，富丽堂皇，四散钱币。

庙里四时人喧，后院偏静，父连日忙于店事，无暇他顾，余得以自在，常做私游。

一日踱出庙外，左右无趣，横跨官道，各铺齐开商贩争售。所售之物，头饰、眼镜、银包、毛笔、檀香扇等，或列于箱，或陈于地。见男女两童，约八九岁，衣浊面垢，席地而坐，地扣三碗。女童低头垂目拿一黄球，口中念念，随择碗覆，复向余碗隔空一弹，便由人猜。然，任人眼快神追，球总在别碗，多人屡猜不中，投零钱于地。二人收之，面不更色。

旁不远，有约七岁女童，窄目翘鼻，独坐阶上。前摆书画，皆以图纸三开，以指书绘《难得糊涂》《陋室铭》，梅兰、竹虾、金鱼等。趋与之戏，问："所售何人绘？"女曰："乃父绘。"复问："父母何在？"其曰："祖庙内开店。"又问："画售几银？"女嘟嘴闭口，再不作答。

羊　城

广州棠下，临三月，木棉树高，枝秃无叶，花开如焰。树下遍地落花，瓣厚蕊丰，朵大似碗，拾归，经日不见败象，晒之色退为褐，可食可药。花尽叶茂，结椭形果，大如半拳，五月熟坠，果裂棉出，聚纹理似水波，色洁白如蚕丝，触之轻若无物，银光辉闪。绵中夹小子，色黑质坚，收制成枕，寐上柔软散热，极为舒适。

五月父病，银断粮绝，母与长姐携画，市内临街而售。久识吴姓女青莲，其肤黑身瘦，湘籍家贫，贩售字画为计。母悯不易，赠画予售。

某晚，女归曰："今日画尽售，以吾之能，无不可销之物也。"言间嬉笑态狂，一室聒噪。父生厌，借故遣去，嘱母交绝，不复往来。

是夜，母归来晚，画损人乏，面呈狼狈。问故曰："遇吴女同售一地，但有欲买画者，女皆来截戏，或哄而散之。向之责，其鼓舌反讥，欲足伤画，二人相争撕扯，为路人止。"自遭此事，母存懊恼，怨叹遇人不淑。后，女无踪，越年沙面远见，浓妆艳服，笑拥侨胞过。

七月炎炎，耽戏废书，父大怒责罚，逐随二姐售画于友谊南门。此地，临重区禁售，杂贩私商，违规结集，便衣市管，常来赶驱，若避不及，或罚银、或尽收物品。但遇来巡，眼先见者，便大呼"走鬼"，一众席卷货物走避奔逃，待巡者去，又归其位。

共姐，每午买两角糖糕果腹，久而生厌，改食牛腩粉。酷暑煎灼，口渴难耐，旁售荔枝果大色艳。奈何，囊中羞涩，空望垂涎，探巷觅水，口接而饮。

夜幕长街，行人络绎，灯红酒绿，自成繁华。子时，商贩各散，穿街尽头，登末班车上。人多拥挤，慌忙间，手入一壮汉兜内，缩之不及。其操关东音，大骂曰："贼女欲窃人财，当捽命以诛。"人闻获贼，语起彼沸。有云："当掌责后效。"有云："该绳之以法。"有云："当逐之车下。"余出言抗辩，声没不闻，羞无缝避，半途而下。二人沿路影长，徒步而归。

各出售画，得银时父略慰，不得，即沉面受责。一日姐出，遇澳侨尽买所售，付全银另添小费，欢归父悦，赏三人百金出游。

越秀园遍游，但见美食诸戏，需使银处，流连再三，吝之不舍。午后，索然出园，南行窄巷，点菜心、麻婆豆腐、米饭，棚下桌上欢喜而食。归将余银尽交堂上，得父责吝赞惜，谓体恤之女。

居处院阔，后窗有株蛋黄花，树高丈许，花期紧密，不见枝空。门前两色紫荆，花瓣红粉交错，势如蝶飞。对门坡上野植扑地，横出叶细窄长对生，以手触碰，即自闭合。移置书桌，开花粉色似绒球。复栽茉莉于窗前，花开月月，香气阵阵，不待花衰，摘以沸水冲泡，加少许冰糖饮之，齿留花香淡淡。

中旬，有港客到访，其约而立，丰神俊郎，进退礼谦若君子，谈吐温润如脂玉。父爱其仪，留用晚茶，对坐忘机，相叙恨短。客临行，赠余圆球一枚，于夜色中戏，红光闪闪，耀人眼目。

珠　江

父曰："余阅南地，于食受用者乃煲仔饭。此饭，以瓷罐入米置火，调菜蔬腊味，饭熟七分，覆上继蒸而就，香浓醇厚。粤菜精致类广，白切鸭为一绝，时蔬为最。粤人食青菜，猛火速炒，呈盘青绿爽脆，烹技非北人及。又以煲汤为盛，土人每餐必汤，任取时蔬、肉、禽、海鲜、药草等，谓无不可汤之物。"

有看称龙虎斗，问何。父曰："龙虎者，屠猫宰蛇，烹之置盘，复之形，摆斗势。昔曾得友频邀试食，惶惶然而拒。"

北京路，地处繁华众商云集。长街底檐下，有生煎店，门口仅空地数尺，旁置煎炉，内满摆生煎，下火上油，相挨滋沸。生煎馅以韭菜粉条为主，待熟以牛皮纸裹，油浸渍出，持之滚烫，包香四溢。店内窄小仅几桌，皮蛋瘦肉粥、猪红汤、鱼丸汤、云吞面等，味之鲜美，独得食客专宠。

文德路铺多树密，属书画聚集地。街角老店致美斋，历存四百余年，内有各式自制调料、酱菜、腊肠、干货，尤以酱、醋兴。父爱其味，每待厨中酱尽，便遣余等入市，店门外列队以候。

父友台胞，携眷越洋，邀会江滨，登高楼，叙故情，食早茶，步游陈街旧巷。天闷热，舌燥不济，遇凉茶铺，坐而饮。茶以铜壶熬煮，倾出色浓黑，饮之踘苦难咽，下喉润畅津生。铺前榕树下，散坐年老人，巷传一曲，《客途秋恨》时断时续。

过小巷，遇菜市，鹅鸭扑翅，体拙羽丰。田鸡肥壮，网中攀爬。塘鲺无麟，又名"滑哥"，盆内身黑，扭尾不止。旁有群蛇，缠绕于铁丝笼内，昂首吐舌，触目心悚。沙河粉以竹筐盛，层层堆叠，色白如雪。木屉上豆腐成方，细嫩软滑。空心菜、黄花菜、芥蓝、西洋菜，以稻草捆扎，旁置水桶，卖者不时投菜浸水，力保蔬鲜。

游黄花岗，市入木绵酒家，落座净手，肴以序进，满桌珍馐。中放白瓷罐，有汤清似茶，仅浮两只花菇，饮之复添，菇香隐隐。父友曰："海外寄居数十载，几番离愁尽可消得，然每忆乡味，思归情切。儿时巷内，阿婆推小车，炉火铝锅，牛杂萝卜咕咕汤沸，六毛两串，剪段竹穿，满涂辣酱，每食欲罢不能其味。牵情萦怀，不可意会也。"

沿江缓行，不觉夜临，两岸灯火璀璨，月辉映照下，星光熠熠，水波粼粼。一行边叙，过珠江桥南岸，环步夜市街尾，排档满坐宵夜之人。众人择位，点叉烧、鸡煲、炒河粉、爆田螺等，辅以青啤，慢饮至后夜方散。

上元节

吕氏者，山西人，名讳不详。其矮瘦态和，依一"剪"流迹四方。剪何？剪影也。

吕氏每剪，以黑纸使人侧立，膝屈马步状，凝神眯目，数十秒而就，所成神似精妙。有客出银请剪，不满鼻低，责之重剪。其诺，剪至鼻高处，突起异峰，恭身呈客，谦问："可否？"客惊悚无对。

吕氏，性达嗜酒，羡文好友，访父堂上，两见生敬，恭以礼。

有秦人刘某，身伟发长，绘山水，入穷途。吕氏爱其才，饮食起居，倾财力侍。年余，刘某狂症突发，弃书毁画，不知所踪。

又，晋人程氏父子，刚直倔强，攻魏碑，每于盛夏，赤膊习书，早晚不辍。其子文弱寡言，携父书售，鲜人问津。父子居陋室，食陈米，捡市弃之菜，清煮和盐果腹。人见，皆恶其贫，避之远，唯吕氏频送银钱酒肉济之。

父誉其仁，吕氏曰："非独仁，亦存奸恶之性。昔游桂，病居客驿，日久银尽，驿主厌弃，绝饮食逐之，得旅人施助，始暂留。病愈，驿有壶百把，各室轮换使用，趁不备，将壶底胆尖敲去，几日遍敲，温具不保。将辞，晨潜各室，刀片横划被褥，绝尘而去。"父闻曰："君子不念旧过，俱往矣。"吕氏展颜而揖。至此，鞍前马后，追随父十余载。

己巳之乱，各商休业闭户，人心惶惶，秋声渐浓时，跋归洛都。自去经年，旧地重亲，山水依然，故友往来不绝。正月始过，吕氏中山信来，父理物携长姐，连夜起程先行。

中山有江，水缓而浊，余无事扶栏，望江船嘟鸣顺流而过，遁声失神，半日即逝。江有铁桥，短接两岸，晚收晨架，余常往对岸，买所需纸墨。临街任步，循半山，隐道观，径斜通幽，鲜见游人。道士过，黑衣高髻，遇人不语，自顾去，余炉香一缕，默然升散。

夜出宾馆旺地，十余男女，大有十三四，小则四五龄，蓬头垢面，衣褛手浊。遇洋人华侨，口念吉祥而讨；若不得，牵衣扯袖，尾之不去。人惧童秽，解囊而施。运济者，一晚可乞数百金。内有少年，幼为弃子，自名红尘，日居陋巷，晚出而乞，得银藏匿，将图买房购地，另谋他业，改换身命。

逢上元，入夜，港澳台土人，聚集江岸大放烟花。空中炫闪不断，灿烂弥漫，有横行如云者，散如流星似伞者，长鸣七彩银河者。有烟花大似磨盘，高丈许，点之，火树银花，直冲天际，持久时长，光照半宇。民众两岸围观，争相欢呼，声高汇与炮竹，震耳欲聋，盛况空前。次晨往见，废弃之残骸，河上密浮，沿岸成堆，乃余平生之首见。

上元节过，有土人邀往翠亨村小居。初至翠亨，面迎白壁，上书"天下为公"，进村路宽树高，户户皆楼。入其宅，堆石砌栏，院洁厅阔，上下三层，彩瓷琉瓦。

居数日，访客不绝。是日晚，父与客吃茶，叩门步入几人，内一人孙姓，面宽身厚，举止稳健。入坐寒暄，互道见闻时事，更水上茶。孙客出一印，曰："日前得一方奇印，众尊驾兄台，可试参玄机。"呈父观，转之座上，众客轮看俱不语，父曰："可唤小女试解。"

余观，印为鸡血椭圆，约半寸，朱文竖刻：青、观、移、青、心五字。待细观，父问："可参得？"余曰："此应为'静观移情'。"孙客动容，问："何做此解？"余答：首字当为"静"字：去争余空为青，不争即静。下首当为"情"字：心字下移余青，移心为动，动即移情。故"静观移情"是也。

客大笑曰："吾得此印久矣，爱其意存玄妙，每遇新识，出以问难，鲜有识会者。今被一丫头所破，心有不甘，需赏之千金以泄吾愤。"孙客语落，添茶更杯，一室笑朗。

三 爷

父独上惠州，余等潜居广州沙涌独门窄巷。

房东新会人，守侧为邻，于窗前晒鼠干腊肠。鼠全尸而吊，扁平薄宽，经累月，黄硬透光，油渍顺体下滴，望之丑陋诡异。余趁隙，握沙窗内，高悬缓漏，沙黏鼠身污混难分，暗自得意。

巷外商开新业，锣鼓声传，观者围集。一红一黄两狮，巨眼口阔，身披彩鳞金饰。四人着对襟短打衣，腰系板带，藏狮身内，腾挪跳跃奋力振舞。商家门上高悬炮仗，吊以红包生菜，下放两张条凳叠摞，上竖一凳。锣鼓炮仗噼啪声响，震耳欲聋，炮衣满地。二狮越凳而上，摇头摆尾，险象环生。舞至吉时，红狮高登站立，口衔利市，翻身而下。商主笑向围众分撒红包，频称："多谢，多谢。"得者，拱手曰："恭喜，发财，恭喜发财。"

母入市换汇，故识不见。友谊门遇新疆男，其身壮睛黄，趋之柔语曰："可高价兑。"出银清数呈毕，其曰："银数有误。"索之重点。余瞥，其以左手平托，边数，边顺势翻卷入袖，知有诈，央速讨银，母拒。男见异，口出哨音，旁出一汉，二人手推脚踹。母惧拳脚，拉余一旁。男作急迫状，递银母手，厮打路旁乘车而去。惊魂未定，寻静处查银，十之失三。母追悔莫及，怨恼连日。

是月，母送物资于惠州，夜返，慌慌失色。问何故，曰："下车路暗，步行匆匆，前有行人掉物于地，拾见纸包几叠，似银数万。欲呼失银人，横出一妇，扯吾臂曰：'家贫儿病，急需银，见者有份，若不依，将大呼汝为贼盗，届时，必百口莫辩，何不怜济分之。'吾迟疑难定，妇曰：'愿退让少取，但倾身资即可。'遂尽身三千金予之，呼车而归。"启袋示银，不见异端，任取散察，唯最上一币乃真，余皆报纸切割磨边而制。

天昏云蔽，楼顶频传哭声，和风伴雨，戚戚哀哀。登之寻声，邻窗内坐一女，目肿容憔。姐询："何泣？"女哽咽曰："吾乃湘人，书读至半，慕学长男，两情互愫，暗自心结。三年将试，其榜留名，吾落孙山，私离追随伴读至此，一日二工四载，节衣缩食，所得尽资男用。今临结业，忽不归。寻之，调羹汤，悦颜礼对，其冷面寡言若两人。随后查，果携一女情浓。愤诘，男答：'与汝才貌难搭，志趣不投，各当早离，不负彼生。'自去不见。三思数载所付流水，百感心伤，故放悲声。"姐宽言以抚，不日，人去楼空，不知所向。

市得雏鸡，柔萌可爱，三人宠之为宝，寝食与共，呼名三爷。其初似黄球，待绒毛褪尽，周身羽白。三爷聪知人意，呼之即应，招之即来，一时不见余等，便屈屈哀鸣，四下寻觅。吾姐妹，常出街巷田野，嬉闹间，故奔神速，三爷随后拼力赶追，其足短，连番扑地，亦穷后不舍。

月尽，父传书，将离往惠，勒令三爷不得跟随，恳之再三，严拒。托与邻，含泪怀郁，登船而去。

惠州月

居惠州三月，父早出晚归，守业西湖孤山东坡馆。

初居西湖之北，得暇，沿途绕湖，合欢高覆，花开满树。穿街巷出淡水河边，阶下河面宽阔，水色浑黄，遍停渔船。船分三类，客船、货船、渔船。货船满载芭蕉，往来停靠，蕉呈扇形重叠，青绿坚实，每摞重达数十斤，若欲搬蕉上岸，需两人插杆共抬。

暮临将昏，渔船归聚，泊岸互靠，开仓尽售所获之鱼。船上妇，将稚童以绳系腰，任其甲板滚爬，自就江水淘米洗菜，时与临船搭言片语，一时江风暖送，船船炊烟。闻云："有渔民几代，船居以渔为生，虽于岸近咫尺，然终生不着于陆。唯各安江岸，互依相望，自足其乐耳。"

民宅后院，巷入瓦房矮低，对目几株芭蕉，婷婷叶绿，花开硕大，其瓣内紫外朱，浓厚艳丽。对门紧靠山丘，草木繁茂，曼陀罗栖身其中，花白芸芸。

丘间，窝居异邻猫族，每于酷夏长夜，呜呜……嗷嗷……声声互号，连连不休。余热耗性，难耐其扰，怒出，投石而击，顿得声息，转身不待安卧，复嘶号如初。

出院一方池塘，内有花鲢，体硕身丰。水面满浮猪笼草，花开淡紫，纹若凤羽，遇风来刮，任飘西东。若连日雨降，蛙声阵阵，朝夕不绝。有蛙不见其形，匿草深泥密处，其鸣似牛，声之巨，于夜静人寂，可传数里。塘边水上，土人高搭木棚为厕，蹲临其上，俯首可见众鱼游走。若得出恭下坠之物，落水声溅，群鱼围踊争食，稍倾即尽。

秋风将半，提盒独经西湖，荷开正盛。迎目白荷皎洁，似凝脂美玉，粉荷含娇，若醉池仙子。荷叶似伞，高低错落，叶上露，遇风滚动，晶莹疑为珍珠。

绕林过朝云墓，拾阶孤山，东坡馆外树茂木繁。见父，呈盒四顾，物沉人静，馆东顺阶地下，客舍数间，天窗洞开，光接于外，有室摆书案笔墨。春秋至夏，余之逍遥性，便被父迫，消耗在此斗室之间。

初，不会粤语，唯二姐不习自通，可与人任意交谈。店中，港澳客至，挑物议价，全仗其译语调度。旺时，一日所售可达千金。

八月，东瀛人集商淡水，托筹圣诞礼，特订宋裱小轴、檀香扇等数百件，为得物质精良，父亲往广州监办。

中秋之日，余等闭店离铺，下孤山，过九曲，巡游西湖。是夜，月辉映水，风拂荷摆，凭栏桂影，神往魂动。

铁算子

因馆事，增收贿银未称私怀，高抬租金发难，父下孤山，离惠州，于暮月至厦门。

居莲坂楼上，入厅一层三室，为客家人赁。进出必经楼下，每过，见男女宾客满座，语出难辨角羽，一团和合。此地昼长夜短，骄骄日炎。晚间海风突起，纵使关户闭窗，晨起桌上地间一层细沙微光闪闪，不知从何得入。

房东闲来叙："昔，隔岸金门岛，炮频轰莲坂，鼓浪屿以巨炮还击，连年不断。然，每过重节，两岸相对高呼：'息战三日。'节后复战。"

莲坂紧靠码头，过街巷内数院，满横竹竿，上挂面长细若丝线，如瀑不断。乍来羡涎，欣然买之，水滚投面，不待熄火便化为糊桨，弃之不舍，食之生厌。问土人曰："此面无须煮沸，只热水冲泡，辅以调料速食即可。"

鼓浪屿渡口登轮，海风掀面，欲裂人衣，及目水阔，鱼跃鸟飞。临岸登岛，游人遍布，商铺林陈，各类海产纷呈。循径折步，林礁连臂，闲草欣荣，闷风无凉，游人挥扇，汗下不止。

休歇石下，见一人身宽体肥，坦腹如斗，秃首大耳，持铁尺，吟唱曰："富贵亨通由天定，帝王将相本业种。女嫁男婚等闲事，祸福相依莫看轻。山高水长从源起，林茂山秀依露生。五伦眷属因缘会，恩顺孽逆定三生。"有人出金令卜吉凶，其皆摆手以拒。

吕氏曰："此人幼年家世显赫，少年从文习医，后遇奇人，弃祖研易，数十年深究《周易》《奇门遁甲》《紫微斗数》《渊海子平》等。得断人吉凶生死之能，后隐于市，人称铁算子。近年事渐高，拟归隐，欲觅根厉人，倾生所学以续数脉，辗转南北不遇。偶经罗浮，见山藏起势，含灵苍秀，一路追龙脉至此。秋尽将去，能逢是缘，若有意，可投书一会。"

阳鸟尽落，下岛腹空，父友荐云："不远有美食，为土人专有，过而不尝为憾！"往之途经处，紫薇、杜鹃，花开纷繁，友曰："汝来非时，若七八月间，凤凰花如火，腊肠花满树，落地金黄如毯，始为胜境。"

巷入小店，门边书：陈记云吞。一妇，门旁持竹片，刮馅入皮一捏而就，其速之快，目不能及。坐顷刻，上云吞皮薄馅透，汤色清亮，佐紫菜、虾皮、绿葱、芫荽。友力嘱投胡椒，曰："食云吞不投此物，若美人夜行，秀才遇兵。"众人掩口，大笑而食。

日落掌灯，吕氏携客至。开怀畅叙间，父叹曰："祖败家毁，一世漂泊，志强命舛，尽可以受，唯无子为继，大过失孝，无颜泉下，乃吾平生之憾！"客曰："吾有三子，次子弱冠，若不弃，可留身前任用驱使。"父沉吟不语。

月余，整物待离，近午叩门声急，启得一书，父展阅未半，以掌拍案，失声大呼："吾儿！"涕泗横流。问故，乃失联二十载之子，修书来会。

次晨物齐，装车将行，唯不见长姐。父倾全力遍寻不见，含泪发苍，沉面意哀。托友留书，嘱吕氏留觅姐踪，自谴失虑，饮悔而别。至罗浮半载，得书始知，姐昔过楼下，客家人呼叙，熟而频往，心仪梅州肖氏男，恐父不允，隐情自投。

罗浮山记

掠　影

余年十三，随父隐居于岭南罗浮冲虚古观。

观前漾溢一湖，水缓波平，四岸皆绿，依山林木参天，植被交覆。每至春季，连月淫雨不开，晨昏湿重，露沾人衣。观后院，木楼廊长两层，年久失修，每走其上，步行楼摇，声传半院。

廊东向下，植百年玉兰，遇季临庭吐蕊，清香满院。入观者，随俗取花，系之发上襟前，衣添花香，香随人游，其妙难述。

经月余，春尽花藏，移书桌北窗之下。神倦意昏，忽一鸟跳跃玄窗之上。其体纤巧，羽背豆绿，黑睛红喙，腹部朱红，振翅盘旋作啾啾鸣。屏息默观，恐惊其逸。山民曰："鸟名绣眼，习群居，喜秋夏之热，遇连绵阴雨，则数损过半。虽秀悦人目，实性弱命微，不耐寒摧，乃可怜哀悯之物。"噫！夏蝉秋虫，眷属风物，寿各有长短，然神消形散，一朝数尽，又有何分。

是日雨尽，与父放步湖边，遇山叟凝神而钓，所获乃草鱼、花鲢。草鱼体圆形巨，力大性猛，花鲢肉细白嫩，味质鲜美。

垂钓之饵，取油菜花，或菜园之青虫。夏暑热，鱼日间不欲食，入夜温降乃觅。山人识其性，待月升人静，潜至湖岸，垂纶入饵，常得数尾而归。鱼，因热知避食，乃顺应本性；人，因鲜贪其味，亦是本性。奈何，鱼心不如人智，水中客做盘中肴，虽皆因口腹之欲，终命竟而天别！

父友来访，月出，移竹席于廊下，嘱取观主所赠之话梅、桂圆，佐以青茶，半卧而叙。时有沙弥，京来参道借单，入坐而谈，陈怀兴至，擎杯问友曰："北人南地相殊，风俗饮食各异，应物承怀之用，可有别乎？"友答："汝手何似吾手？"沙弥倾杯尽饮，相视而笑。

余疑，问曰："释道门殊，沙弥何故入道观参学？"父曰："释、道，名异实同，相殊理合，故可相参不悖，汝何疑之？"余幼慧浅，不解其玄，默首退侧。

是夜，月檐沉壁，树摇影叠，不觉更长。

清　谈

辛未之秋，游麻姑峰，择曲径，逆溪流，攀藤扶崖而上。沿山清风拂面，林木萧萧，光含树影，不见枯色。登顶以眺，远山如黛，极目百里，形淡人渺，近见山势陈横，鸟鸣谷应，俯察云涌风起，振衣不休。余正襟，悄然而哀，肃然而恐，瞥生悲意，促履而下。

归染风寒，病卧神昏，日闻晨经暮诵，百无所兴。

一道士翩然至，登堂与父酌饮相答。父曰："吾等幼劳亲育，长承师学，阅三古兴衰，读诸子圣贤，调身行，养正志，数载寒窗，几番烛尽。今逢年富力强，国润天泽之时，不思进身命效，弃亲遁入玄门，何其然也？"

道士曰："祖居姑苏，家殷重文，代出士人。吾幼性聪身弱，母甚溺之，祈易养，引道士为师，寄居于观内。不及长，父染病，去职归亡，又二载，母寻父去，叔伯悯孤，关怀备至。一日读《道德经》：'吾所以有大患者，为吾有身……是以圣人无为故无败，无执故无失。'遂留书绝尘，止归道途。"

父问："道何谓？"道士答："天地开，日月健，万物受生，周而复始，盈满自亏，虚消自长，不假施功，自成造化。含灵有情，四时风物，存卒由命，各有所主，千古秋月，逝者如斯，不过一瞬，何由存执而永矣！且夫吾与汝，生若蜉蝣，如沧海之一粟，寄微躯于四海之内，劳身命于江湖之上，尽数百年，不过须臾，汝不见朝起之露乎！"父愀然正坐，和颜添杯。

与父对弈，进退举措间，互不相让，将相俱损。父曰："汝此局若胜，可任索一物；若败，抄写《心经》三卷，不得悔拒。"随摄目澄心，谋必胜之计。

道士径入，向父曰："五更起，游葛洪殿、朱明洞，口渴身乏，可否赐茶一盏？"父起为备。道士以目频视父车，余会，速掠匿之，父奉茶继战不敌，弃子投降。道士笑曰："文心天授，感应道交，汝女天资禀异，莫可小觑。木秀于林，风必摧之，何若以释道增辅其慧，方不昧之灵也。"

晨起，秋风入帘，出之廊上。见道士迎面，玄衣无尘，背负青锋，稽首而过，甩拂尘吟曰："四十年来旧山河，几番烟雨几番磨。生如秋霜红尘客，归无所归任蹉跎。无量天尊，贫道云游去也。"

川来风

兄，自川来，父询往历。其曰："辞母自出，流落入蜀，遇郑氏女垂恋。女独侍双亲，家无男子，招之入赘，婚后育一女，事农日长银贫，志短妻骄。"父闻，为之恻怜。

不日，兄风寒，父休业，命特为专调三餐，亲侍汤药至病愈。

日俯桌上，呆望墙间蚁。兄入曰："汝等不进校门，不通语、数、英、政，但读陈书旧绘，有何堪用，待吾禀父，为择婚早嫁，留吾自孝堂上。"越天，果启为姐择婿，父纳言，任其为谋寻配。余告母兄先之言，力拒始罢。

季秋渐寒，秦地来书报外祖仙逝。母闭门不出，连日悲泣，攻心病卧，数月不愈。余忧，步止堂前，不期闻兄言于父，曰："吾母背心易嫁，有违家声，父之另娶，无子性弱，今又病卧，若妹各嫁，吾将独孝堂上，力为添孙绕膝，其乐何融。"

义父林章，台湾高雄人，身高六尺，宽仁德厚，率千人众，建业于东莞。秋末，携亲眷台友十余，见父呈礼，携手扶肩，堂坐寒暄。午宴齐备，义父擎杯向父曰："一别五载，汝更新纹，吾添发白，可谓日新月异，各有所得，当倾此杯贺之。"诸客皆哗然而笑。

一众游山耽水，盘桓三日，兴尽将去，至山门，义父抚余首曰："吾别将去，汝当勤勉，惜阴于学。"

日书月绘，不觉时匆。兄晚起早眠，每饭必求鲜味，饱腹便仰榻间，悠然自得，仿若散仙。忽一日乞父，为觅职。遂修书义父，为谋巡查职，欣而往。

月余，兄携一湘女归，女身细体长，肤黑貌平，每笑唇掀龈露。居两日，议休发妻，纳女为室，父未允，郁结而去。

过三月，复携蜀女姐妹，女胡姓，眉目灵动，发长若丝，纤腰一握，唇白齿红。兄央父曰："此生，若不能纳女为内子，遗恨终身，虽活犹死，将永去不归矣。"父诺，款以厚待。

二女聪敏乖巧，善体人意，殷侍于堂上。几日临行，兄私启父曰："女，将为吾家媳，今去，当礼以厚金，略表父心慈意。"父曰："汝妻犹存，此事难为，留待斟酌后议。"兄志忑，隐愤去。

四月，义父来书云："兄夜潜入库，私盗财物，不知去向，嘱速寻勿责。"父闻大怒，穷查兄迹，已在千里之外。

放　鹤

孟春，迁居罗浮东山之下白鹤观。此地山缓泉碧，境幽林密，观周遍植相思柳，高拔多姿，随风摇曳。三月间，雾浓雨霁，有白鹤结队而至，栖于林中湖上，白羽如雪，振翅盘旋，嘎鸣声起，动人心魄。

经日，父携一鹤归，置院扑地，哀鸣声悽。观之，乃翅伤爪折。土人曰："此为幼鹤争食，误坠林下被枝刺所伤，其母禽类，无力提亡，唯弃之。落汝手，合当除羽，汤而食之。"

父曰："旧闻鹤姿曼妙，善舞且寿，然其肉粗涩腥臊，难以佐调。南人胆壮善烹，少不可食之物，吾北人性旷，不精汤炖。"故予拒，饲养数日，入山纵之。

父友，居观东僻地，有子弱冠，名子建。其好金石绘事，来从父习，频作竟日叙。

又日将昏，父子至，出一手卷展于几上。卷宽约七寸，长二尺许，纸本素绫陈黄斑驳，上绘一执杖罗汉，敞腹赤足，面含秋山，素服墨淡，步缓衣摇。题偈曰："恰恰用心时，恰恰无心用。曲谈名相劳，直会无繁重。无心恰恰用，常用恰恰无。今说无心处，不与有心同。"字大如蝇，工秀疏雅，无名款，钤朱印两枚，字迹模糊难辨姓氏，应属明清物。父爱其神逸质朴，观之再三，不忍释目。友赠之去。此图伴父数秋，后不知所向。

长姐，秀丽具主见，深得父意。自配梅州肖氏，别两年余，携子归宁避暑至，迎之执手，四目相视，不胜欢喜。是日，姐着素衣长裙，执白绢苏帕，帕绣一株夜梅，叶绿花红，人帕互映，韵致妙成。

入院稍息，呼餐入座，桌上清蒸鲢鱼，红烧肘肉，另青笋、芥蓝、扁豆，二荤三素，姐取客家自酿米酒，梅菜、板鸭佐之。食至半，母呈汤令饮，观之清利皎白，入口微涩，后味温甜。母曰："此汤主用木棉花辅以鸡肉，入老姜、枸杞，慢火温炖，有祛寒湿、宣肺气之效，尤解暑热。"复频劝饮，不使杯空。

居月余，夫家使人来接，将行之际，母嘱言："自汝远嫁，虑闽人轻女重男，恐汝无子难贵，宿夜忧怀。今既得子，前途料无大碍，此去当安养顺孝，不负己心。"

余年少，体健好动，性顽劣，羡侠成痴，每于书隙，赤足绕廊，摄步奔行，望得飞檐走壁之功。复盗母缝衣针数枚，尾缠丝线，持针贯力，甩于木门廊柱之上，如此反复，勤习不辍。后得剑谱，上绘拳法剑势：白鹤亮翅，枯木盘根，一招一式详细生动，遂乞父赠剑龙泉，长不足三尺，按图习之如醉。

　　得气枪一支，与二姐步止湖岸。忽见风动水溢，众鸟惊飞，于芦蒲深处横行一蟒，长约丈许，探首扭尾，分水而来。举射，数发不中，潜波隐踪而去。余惊魂初定，不觉冷汗侵身。

　　夏热天长，窗外有林，时闻鸟鸣，但觉异动，便射之。鸮、蟾蜍、蜥蜴、蛇，但凡所见，难逃吾手。及长，身弱多病，不复强健。古人云："伤命断生，果报自受。"似无虚乎！

沉　情

剑　花

癸酉之秋，父三下罗浮，购房定居于广州白云山下。

入住增饰添器，忙无间隙，所购书桌至，父呼责曰："汝母云'男女同等'若此，合当抬桌以示同等之用。"共姐勉搬至三楼，已力尽汗透。午闻叩门声，举步往开，突直跪在地，一时白光茫现，脑顿思亡。回神，双膝疼痛难行，睁眼闭目间，天旋地转，速如风轮，卧之多日方愈。

楼后依山，树木成林，旁隐沼泽，闲草野花罗布其中。内长一物，连片似芦苇，茎节处结籽成串，光亮坚硬，色分浅黄、灰、白、黑。每子中空夹蒂，摘归抽芯，串制门帘，堂风拂动，珠摇声碎。

腊月下旬，出游花市，见碧挑全株齐根截之，悬以彩灯。金橘挂果，排置如海，黄、白、红、粉等，菊花齐列。牡丹、水仙、百合、富贵竹、朱砂根、兼各类不识之花草，争入眼目，缤纷各艳。

梅雨时节连月雨下，阴侵寒潮，气郁湿重，壁结水气霉迹斑斑，偶得稍停，复下如故。

清明过后，父养画眉高悬廊下窗侧，栽杜鹃、牡丹、梅花于露台之上。余亦种瓜一株，扶栏上爬，蔓长叶绿。父寻材自制板胡，于暇调音一曲，入耳含悲带怨，恍归九都。

卧室窗纱，无故破洞，蚊入肆虐，以盘香熏之。初燃，蚊哀堕飞斜，久习为常，按时饱餐。复见鼠行，疑由水道入，遂塞之。是夜，闻窗异动，一鼠窥从洞入，诧异，开窗察乃爬从壁上。又夏热，起夜灯开，众蟑螂一室惊飞，个大之巨令人咋舌，持凉拖连连速击，所灭颇丰。

后山林密，有植，叶大似蕉扇，刨之得芋，体大肉白。去其皮，触肤奇痒，上火蒸炖，望之香糯，初尝微麻，稍后，舌僵晕眩，身不依使，将息一日，复归常态。询土人曰："芋名滴水观音，又名狼毒、海芋，非但不可食，叶上之水亦有毒，有幸食少，否则命亦不存。"

开春野外，草绿茵茵，内有一物，根茎叶密似甘荀。采之，取玉米麦面，蒸拌试食，须臾便心燥胃逆，速弃之。

母好钓成痴，常守日成昏，独迹野塘湖岸。所得大鱼小虾不拒，但消光阴为志。不远有南湖，水深湖阔，林茂竹高，堂上时备饵，呼余徒步前往。

穿街过巷，民居院墙之上，多攀援一植。其色浓绿，茎狭长，节壮成棱，四向覆蔓，柄悬花朵硕大，长约八寸，瓣似白纱，蕊聚如丝。曾效土人用此花煲汤，观之，瓣似蝉翼，蕊丝浮散，样貌惊艳，饮之润滑。

至湖，寻位布饵，凝望水平无际，人默岸寥，光转影斜。

遇早春，晨寒时，湖面成群非洲鲫，身僵体硬，漂浮水面，为人见，可轻易捕获。近午温升，鱼回暖身柔，潜水而游，不复易得。

候岸静伺，有满载，或一尾不得时。夏季但得鱼，不待归，即亡大半。土人云："求鱼不死，非竹篓莫属，此物沉水，遮光避热，鱼入氧足自可久活。"父寻竹破篾，昼昏研编。篓成，脖细肚大似梅瓶，入口处，环内留篾头自封，放鱼易进，挣出无途。试置鱼以内，果然，命久活鲜。

卖　画

邻有黄姓女十六，门首屡遇为友。其继父，频于醉后失态，女厌烦无奈，常避宿至余处。仲秋，共姐、黄女，登之楼顶，遥见月圆星闪，夜色如水。左右顾之，家家团聚，各抬桌椅于露台，置以烛灯，摆各式月饼、瓜子、花生、水果甜点等，围坐笑叙，欢馨也融。

余少羡医，曾读《汤头歌诀》，然不善记，前背后忘而弃。后得经脉周天图，趁无人调息运气，暗自研习，未儿亦弃。

握山巷有妪为医，堂上有恙，依其调养。久熟，从习针砭，感其惠，以画往赠。呈之欲纳，进一翁，面貌清瘦，袋提瓜皮，厉色曰："汝所绘之鸟，冬卧残枝，以肚示人。冬者寒也，残枝者老败也，敞肚者，惑人接众也。汝斯年少，心若此劣，意欲何为？"见其怒目暴冠，词烁凿凿，蒙脑结舌不知何答。人拉以避，告曰："翁倾妪心久，伺机频做雀舞，乃借故言他，传己私情，表以痴心耳。"

后山有叟为中医院士，与父交好，得其赠病理辨证之书，传余探喜脉之法，遇人测之十有八准。前街赖姓商，三旬颇豪富，家有世传之堪舆相术，可于十步外，知人贵贱。榕树头，梁姓相士，善批八字六爻，以三铜钱掷六回，可任问吉凶，少有错失。

三人不期，同至府上，围炉闲坐，畅议各得。赖氏曰："吾之业隆，全仗祖传之功，能得其助者，非富即荣。"梁氏曰："吾，家和名扬，皆依相理易数，明祸福事，为君子本。"父曰："半生游历，空劳身心，所学无成，唯以末技以自娱。"

院叟续茶曰："汝等之技，明阴阳五行，引天机以自用，非常人之可及。吾少承师启，上志者读书从政，下志者习医利民，昔志于士而缘绝，尊师意研医，小有所成。终生沉侍疾患，愈病苦无数，虽劳心利微，然身郎健。"继，莞尔曰："百能不若寿长，汝等但尽各技，若劳心有疾，可来寻，当调灵丹以赠，除病延年，同效松鹤。"言落，四人击掌而笑。

姐年十九，不好绘事，父遣之，售画于珠江滨。其处属商业盛地，侨商多于夜至。姐择近赁居，节银缩食，昼伏夜出而营。七月，台人来书订画，归共母，早晚操劳至九月，裱画数十轴。年底父责，在外得少耗多，姐生怨厌，出南海谋业而去。

闲坐呆读，父掀帘曰："汝多年闭门所涂全仗吾售，今年老渐衰无子，当思自力更生，尽担家事，挣银供奉堂上。"余愁眉莫展，无奈寻挑所绘，往梅花园寻姐议策，伴之谋店而售。

文德路画铺众多，择店踟蹰入，人问何为，支吾声怯，不知所云。勉入数店，有见年幼，鄙夷嘲拒者，有不待陈意，挥手令去者。

日落偏西，身疲神倦，所谋无得，望绝志催，止步巷尾一店。店主约五旬，询意进茶，面慈语和。呈画予观，细挑过半付银曰："汝年少，绘若此，诚难可贵，吾自幼爱绘成痴，奈何天资庸陷，改途易商。汝专志当有所成，后有所需、所绘，愿助之尽收。"

楚汉争

乙亥秋，姐辞业，由长姐荐嫁大埔同宗为邻。大婚之期，父怀怨拒往，遣余代席。

梅县大埔，处于山区，地属闽南客家。凹门坪村，三面环山，狭塘夹田。姐居之宅，灰瓦白墙，依山上下三进，左右比亲为邻，各留角门以互通。

村中老弱妇孺居多，青壮皆出谋业，唯于重节归来拜祀祭祖。姐曰："此处依旧俗，男主外事，内务田间杂役皆归妇女操持。族人重男，女嫁若无子，婆夫冷对，娘家失势。"

居有日，晨起往游土楼。一路跨田，微雨助行至村口。山空留涧，乱石陈布。迎面河横舟斜，有绳索跨河两岸，众人依次登舟，拉索自渡。

登阶尽处，遥见土楼，圆围形巨，墙高约数十尺，一门洞开，上书：花萼楼。入内顶空院阔，上下三层，扶木梯绕行，门门相连可居数十户。族人曰："此楼存约四百余年，昔先人，团结抗侵，造围楼群居，为助互利，繁衍生息。而今，风物流失，世更楼空。"

孟冬，得父友荐，往沙面白天鹅，初会鄂府女史陈氏。陈约三旬，隔案端坐画屏之前，黛眉皓颈，乌发云山。眼含秋水如幽兰冷玉，态隐烟霞若留雪飞仙，华服鸿姿，使人魂动。余虽女子，亦犹襄王之遇神女，步踟蹰而恍惚，意惶恐而不持，惴怀呈卷，期以交感。其矫首启言，清音缓示，余倾纳其仪，获益匪浅。归来梦寐影窈，感羡沉慕。自谓幼出阅世，遇人各怀才色，若陈女倾城之姿，学养之仪者，不见有二。

入暑，吕氏至曰："珠江南岸，有高人名白丁，专攻花鸟、仕女，一日可绘画作数十，银巨财丰。"

往访见，高人披发拖屐，伏案挥毫，旁有两女随侍纸墨，各室墙间、地上，尽摆相同之作。停画以憩，女递巾净手，高人曰："吾为男子，少年习绘，入名校得专师，学贯古今，绘通中西，置产业，孝双亲，娶三妇育二子，全凭一技。汝为女弱，应修容养姿，择嫁依夫，何必抛头露面自劳身命。"余曰："天命有别，各运不同，非能自主。"推盏，礼辞而去。

自姐嫁兄叛，父转乖戾，执无子嗣，怨恼瞀生，常寻无辜而口角。母不堪扰，日出而钓，或避居姐处。闻其处有邻女粤人，貌陋好弈，姓氏不详，常兜棋遍寻善弈者，以三局决胜负，四下强者皆为其败。

余往探母，经廊见，几人团坐对弈，观久受邀，一局胜辞。午后伴母闲话，一男叩门请弈，随之穿廊入一室，地铺竹席矮几，十余人众围之散坐。上首，趺坐一女，约二旬，臂粗体壮，肤黑皮糙，肥头豆目，海口秃鼻，形貌之丑陋，虽妙笔亦难描画。

男向其曰："廊中赢棋者至。"女以目扫余上下，推棋示弈。余择黑子就未半，女已队齐，待备，便进兵架炮飞相击将，仅数步，余即兵败。女起欲去，余请弈。其眉颦慢曰："吾外有约，无暇汝戏。"复请勉应，其侧坐启盘。

余择红子，熟虑方进，女依前习敏勇行速，屡厌缓而催进。至中盘，其轻落子瞥失马炮，呈显败象，旋即弃子清盘邀战。拟去，女曰："三局以决，勿坏吾矩。"

重布楚河，女正襟，持红子仗炮先行，余进马以峙，二人凝神以贯，如履薄冰。私忖，不欲胜，但谋诛炮之计，至中盘，筹歼一炮，女哑然失色，沉虑而营。其友见势劣，旁观助步以攻，余渐兵损，进退维艰。百图意决沉舟，率残军，攻吞炮车，驱马进卒迫其将相，终以一步之差险胜。女折戟投子，欲继战，余力辞而退。出见灯火已上，头痛欲裂，满天星斗。

后，女遣人约战，拒之，亲来约，亦拒。母问："何故拒坚？"余摆手笑答："得意，不可再往矣！"

霜月，父私立湘籍外室，冷心寒肠，情绝于母。

一日出归，母满面悽色曰："今日自坐，湘妇避汝父，登门寻衅，吾难忍不愤，其出言相辱，动以干戈，临去扬言，必逐吾出。"复泣曰："吾若有子，何致受欺至此！"

言间父至，余诘责令交妇出，父支吾对。遂盛怒取龙泉，出鞘提剑，愤向父曰："今日，势交妇出诛之而后快，不惩贼妇，誓不为人！"正，恨火腾腾，长姐夫妇至，推余别室，一番安抚劝慰。后，由义父出调始罢。

自遭此变，姐嫁庭寒，各怀心事，前途云遮雾茫，炉冷盏凉，苟度光阴。

讨　银

姐公翁，携礼来访，父怨二女俱违意择嫁，久不释怀，避室不见。姐夫呈新产之龙眼、荔枝，叩门请尝，亦不予睬。父子独坐无趣，折颜谦别。

画商陈某，约五旬，昔为粤剧武生，天命之年易业，凭兼恭善谋而风生水起，来订画数十。倾月绘就送之其店，纳收入柜曰："今日银不备，宽限十日后付。"

十日往，陈某令女礼茶，自忙客事。旁坐有时，寻空问银，其曰："今日事繁不周，银不得备，宽以后期可否？"问之："何期？"曰："归以静待。"

月尽声杳，复往，又借故以推搪，思之三，向其曰："友识商大富，开业需大画，不计画资但取意吉，吾不善大作，汝若有，可择日试呈以览。"其欣然应之。

归与姐议，寻姐夫同往，向陈某曰："此人，商者弟，画若中意，可保画资银丰。"其遂取画样，阅至巨幅山水图，姐夫沉吟问："尺寸，银何？"其才欲答，余近，示之侧，曰："才遇可心物，急需银用。"不待语半，即取画银尽付。得银吃茶，以茶盖覆杯，旁视顾他。姐夫明意，措辞而出。过三日，陈某信询商意，余曰："莫挂怀劳心，可静候佳音矣。"

有女豫籍张姓，近三旬，志强貌庸，开画店自营，常订父作。一日，父遣送画其店，女示坐，自忙左右。几番予言，俱若无闻。寻机交画，开卷，挑骨点刺，词激态骄。见非境归述，父自往。女笑靥如花，赞画雅书精，进言："汝女孤高自傲，缺礼失仪，不耐烦拒，当加以调教。"父归，责谴再三。

中旬，又遣送画女处，见二三男闲坐，女含笑带娇，款曲逢迎。对余则如故炮制，寻因借由以刁，诺受携画回。父往，女收画云："汝女见寡，柔弱无能，难当大任。"父归冲冠，斥苛不休。

十月，女订百鸟朝凤图。厌其性劣，央姐夫整装律仪至其处，屡起往外，接电议之商事频频，并稍与叙，借事繁先辞。

女问："何人，若此英俊有成？"余曰："乃兄友从商，有志银丰，因业婚迟，欲觅有见女子助臂不遇。吾观汝，自强人勤，又年岁相当，若不弃有意，可代为斡旋。"女竟红目涕泣，恳谢再三。

后，女提礼频访，登堂向父力赞云："汝女，绘精人聪可比男子。"再往送画，态和语顺，绘银亦无拖欠，可谓礼敬有加，言听计从。

鲁　人

清远人罗君，短发微卷，左耳戴环，足着军勾绕以铁链，为影视场记，访父求画，相谈礼谦。

日洒如金，书斋静默，罗君降禀父曰："明日急需临演数百人，凑不得数，望携三妹往助。"天河片场，首窥演艺中事。见导演、主演、群演，一干人等，扮装换服，拿腔作势，机旋灯闪，热闹新鲜。午餐以盒装自领，众人争先恐后，席地而食。至昏，罗君问一日所感？答："无绘事辛，虽劳而悦。"其颔首而笑。后屡约演，初兴浓，继无趣，复邀拒之。

久不见其踪，忽一日，携画请教。临行送出，下阶将半，回身止步，以拳击余臂，凝望灼灼似有语出，瞬即闪目，颊酡而去。

戊寅辰月，早晚雨稠，胃疾频作。是日，雨歇伏案，门叩有声，提笔启见一高大男子，长发鹰目，方面含笑。与之四目交接，日光恰掠其眸，一瞬，星光闪现。

礼坐以茶，客叙从业西画设计，居此不远，得友荐来访。告之父出，不知何时归，全无去意，留饭，亦不辞。父归，两相言畅，将去以邀，父倦遣识途，遂拖屐随往。

转巷几折见客舍，门两侧有联：春寒遇雨疑无路，柳暗花明又一村，横批：苦尽甘来。入之，上下两层一室暗潮，靠墙随陈画作。客礼坐，径顾笔涂自画像，形神唯妙。与叙默契，若久失之故人。游目四下，座间，散落若干书籍。随取翻阅，见扉页下角签客之名，字迹飞扬飘逸。

父依约回访，归赞客，仪表倜傥，博才稀有，复往之频频。

一日客来，此番盥首净衣，随性而谈，气宇尤不凡。父倾其才，留以餐，诺以务。其将辞，忽入余案首，私递书信而去。阅之，有兰舟催发、相视泪眼句。呈母览，亦扼腕叹。

客依前言诺至，父迎缓语涩，现愠色以推搪。冷茶寒面过午，室外雨落倾盆。父向客曰："吾身累事繁，汝自去不送。"客启门阔步，融雨而去。

共母避父探客，入室烟草味浓，余提及父违诺事，愧色难掩。客谈笑自若以宽，胸怀坦达，若君子之风。探其履。曰："吾李姓，鲁籍胶东人氏，世农家寒，自幼好绘，遇缘拜师学画，及冠，入山艺专修设计，结业高就得器重。年余，不甘岁青守庸，旧年春尽，瞒堂上，慕粤南下。达地，交身银于中介，待业客驿，沐游羊城。三日，寻址赴业，人事尽空，围城徒步月半，觅业不得，典物当衣。至身无分文，口渴腹空，饮厕水，疲卧坪上，遇关东丐者，施予食，同往山居。"

客叹曰："山上，各地盲流人聚，有打劫者，囚残乞银者，偷盗犯奸者，无家可归者。时有巡山警，结队来驱，即四散藏匿，待警去，继居如故。"继笑曰："所居之茅棚，结于竹林墓旁，遇土人迁墓清山，遗骨成丘。于夜，取骷髅点烛其内，悬于林间亦不觉惧。"

"某日，遇吸毒者至，争夺棚居不让，怒之，出刀以退。初欲归鲁，感无颜对父老，复谓青年应增己历，故而依丐言，日售雀翎、甘蔗，夜着垢衣，蓬头入市，拾荒于废弃巷深。入冬天寒染疾，下山居此，乞者为买书籍画具，临街绘售。"

母曰："父母在，不远游，汝母但知子受此苦，何以心安？"留银而出。

探客，见一少女淳朴腼腆，客正煮面，盛予食。询曰："女，徽人家贫，私出求工，出站须臾，所带银物俱失，哭之人前。旁见悯，恐为匪获，携归为之购票，天昏将登车返籍。"

未几，见一人精瘦，目露寒芒似刀，独拐跨门，询丐不遇，斜行去。客曰："瘸者乃匪类，持拐于光天抢物，行走跃栏若飞，常伺落难妇女诱之，或卖，或逼良为娼，阴狠毒辣，人送其号：飞瘸拐。"

辞出巷口，向曰："此非良人久留之地，君当早离。"赠银客拒，掖其臂隙去。

鸟 粪

姐助李君，移居梅花园，匀手中画单，托让以绘。半旬往问，见其形憔眼黑，愧色曰："日夜赶绘，送呈遭拒。"未久，姐传信云：人去室空，不知所踪。

二姐产女，随母探，几人闲话。余戏言曰："二位均属客家妇，又为近邻，对面一呼，两方即应，往后互相照拂，尽身命为煮饭婆、洗衣妇耳。"姐故作娇嗔，笑作一团。

突得李君传信留址，母调蔬往问："何因不辞而别？"答："租期尽，无银以续，风湿疾发，遭同居客家人屡逐。恐为添扰出，遇中介主，一见如故，留用得有安身地。"母泪目，李君言慰，互宽襟怀，默领为义子。

晨风任斜，天色霏霏，连日雨骤不歇，长姐归坐语默。楼下阿婆语聒声噪，出见李君，发湿衣透，裤破膝伤，举步维艰于廊阶。失色扶进，问故。答："别久挂怀，来探遇雨，无大碍。"雨停，姐送其去。

次日，母备药往，亲为涂抹推敷，责之欠虑行莽。李君笑曰："昔少年，冬着单衣习画成痴，坐久不移，寒侵而染风湿，不以为意，至粤转重。前日行后山，绝人迹，雨促风急，身僵肢硬，足触微石而倒。穷力起至路宽处，复跌于地。遇人过，皆若无视，唯强志自求，亦为难行自胜，能达为乐。"谓其怀才屈就非计，复予画单令绘。月底，问结果，怅疚曰："画成送，单主横挑竖拒，任释尽为徒劳废语。"摇首，不羁而叹。

姐友为商，荐李君，就设计职。去几日，辞归曰："粤人行事求速，语涩不通。吾北人，闻不明意难调。"姐厌生，语责当面。二人互怼而别。姐不忍，透迹于父，顿起苦恼，严令交绝。

李君邀游书市，驱单车同往。回程半途，其车胎破气尽，寻人补罢，催费一元。其面赤曰："无银。"

复约游白云山，趁父不备，速遁而出。顺山角绕近登顶，雨霁雾浓，云轻风畅。叙以物事。李君思捷见独，应敏答速，态旷意恣。至午下山，寻店慰腹，各点汤粉一份。碗空，其示无银。才忆出急忘携，惶恐，翻衣尽得恰足饭资，交之。店主呼"乃伪币"拒纳。余寻识借付，出店。其色含自嘲，词穷各去。

入暑，李君处不遇。管事曰："其出，稍待。"欲离，其回，难匿一脸晦气，曰："停单车，张贴广告，回身车失，遍寻不得。徒步归。行道旁林侧，突一鸟惊飞，遗粪便于背。荒唐之狼狈，当共知己者，擎杯中物以贺。"

黄金牙

李君侍业处，位于民居巷内，两侧百业各兴，以洗头房为翘楚，一路连绵可至天河。每店门外，站坐各色女子，见男子过，或翁或少，或发长或秃头，皆殷勤招呼，昼夜无休。巷里房舍塞拥，聚四方鱼龙，每有异端横事，人皆习常无怪。

所识中介主，赣人刘某五旬，昔为文从政，因贿讼获罪，隐名潜此，结私营民厂，开中介，获微利以资残生。寻工者，交费往厂，继夜辛劳，或经月闲休，每日一饭，绝付工银，耗至望绝，不逐自离。

某日，刘某呷茶高坐。有女三旬，细高腰长，镶金牙，着白裙，声怒态狂争退介银。初强言以迫，后转哀求，百般施为，无果愤出。

随之叙。女曰："吾辽人，家富族盛，配官婿从商，婚变产破，不甘运亡，遍读商战书籍，意决南下，志存东山。不料违意，落穷途，降尊择业入住公宿，一室十女，拥挤无隙。日夜工劳，所得甚微，吃似猪食，将餐，众涌如潮，争抢若羊喂盐。月半，夜眠为室女刁扰，规不敛反盛，上提女发，脱高跟鞋怒砸之，为厂方除，着实堪恼。吾，曾得高人占，乃一方权贵，世之商雄。"遂张口露齿，指门牙曰："此，黄金牙，谓黄金命也。俗人狗目，不识金玉，但得富贵，将尽诛欺辱者。"言间，扬眉身摇，一副狷跋。

李君遥辞归鲁，影渺黄鹤。余怅然若失，平添许多怨涩。

去月余，运两木箱归，开之皆西方名著。见余翻看不止，笑曰："那日初见，汝长发及腰，提笔拖屐，坠珠轻摇，似飞鸿惊雷，一目而成痴。后屡得助，无以报，两箱书乃累年购，挑选相赠，可阅西方文学之奥。"

父向视国典之外为糟粕，成见久深。自得书，取药用寸大玻璃瓶，将盖钻孔插入铁管，搓棉线穿进管内，倒入煤油制成灯具，日间觅隙私阅，入夜取灯帐内，没首其中不觉天光。时久，烛熏帐黑，每晨鼻面生烟，衣皱发乱，若山顶洞人。

季秋，父因画单事，瞥起冲冠曰："汝若有能，自出求活。"郁结心怨，理物出以面辞，母软语恳留，父寒面以背对，径出往姐处。

母至，言及李君事，姐突出辱语曰："汝斯年少，失耻心，私结外男，又胆悖堂意，速去不留。"余怒曰："汝二人早嫁，独余侍亲，为人择友议婚，言何有耻。"姐知语失，措辞以挽，毅然而出。

独立长街，肠凝眉结，对望洗头房内黄金牙女，摇姿摆首呼送客出。折步李君处，见余提箱一脸菜色，失笑曰："吾早料有今日，候之久矣！"

李君见余出，换租一厅三室，左居一女，右归李君，余选有露台室居。洒扫置案，留址于母，日间事绘。余暇，与李君畅谈各见，左室女子，常携友倾怀共耳。

不日，天色微亮，巷传喊声，俯窗见一女子，着内衣，光足提鞋，狂奔不止。后一男子，赤膊追赶，边大呼："死捞妹、野鸡，还我钱来。"出巷而去。

母来劝归家，父和言温色，鬓添霜白，述以近事，邀同往之。李君出迎入其室，烹茶以奉。后，父三日连至，出八面题，做一更叙，重陈各见，终爱其才。择日邀聚，早起为钓鲜鲤，调蔬备肴，倾杯舒怀，一扫前霾。

天尽头

仲秋月明，李君征询婚意。余曰："吾幼，流离失学，无户籍学历，父母失和仅三女，靠吾独奉，若婚，则不做远嫁女。"其曰："吾出身寒门，不羡人富贵，婚后当满汝憾，为择校求学。吾家根深，户籍事不足虑，胶东民风淳厚，母慈善，必视汝为己出。"

戊寅丁巳，父允婚北上，始归李氏。

别父，辗转换乘三日，近午抵荣成。此地又名：天尽头，三面环海，渔农共存。传，始皇曾两度驾临，修长桥祭拜日主，以求长生之法。

入村临海，天青如洗，矮房石砌，鸡猪并畜。其母，闻雀鸣出迎，进院一株石榴，花红正艳，对东厢墙西，韭菜、芫荽、几棵葫芦攀爬瓜垂。进正房三间，中间靠壁砌灶，凿洞吊灯，夜间开之两室俱明。隔间高盘土炕，依炕窗可见院内。李父朴实憨厚，见人欢喜，连呼："上炕，上炕。"

李母入园，摘蔬备餐，语称洗菜为"濯"、煮为"烀"，吃乃"逮"。肴齐，拖矮桌炕上，边放过水手擀面，呈以芸豆、蛋、带壳之蛤混煮之卤，随即挑面入碗满浇之，腥气扑鼻，连赞："真鲜，真鲜！"

晚染风寒病卧，李君废寝亲侍汤药。秋日蚊多，一夜持扇为驱。

越日神清，闻呼声，腑窗外窥，院摆海盆满盛日晒之水。李母裸上身，安坐盆内。李君持巾为之搓背。不禁诧异，胶东人竟有此民风。

外村独居一叟，研易数。其舍前后院，遍栽葡萄、无花果树，各室门挂竹帘，老木家什随陈，炕铺竹席，室简境幽。往访，登炕胡坐，呈生辰。叟明来意，取古书旧历详为推算。半晌，合书闭目。试问运程、婚期吉日，其言寡答默，沉吟始得。

辞出巡山，目及乱石横立，松风拂鬓，海环天渺。至半途，石下一蛙似兔，色褐绿，腹橙睛鼓，背隆凸疱若丘，臂健爪壮，见人不惧而威。避绕山下，林内果鲜桃红，潜之，不待挑择，犬吠声狂，惊慌中得一桃遁。

李君师，为官宦子弟，性耿直抗上。师公卢氏，才高古怪为画院长，施仁授学爱徒尤甚。拟访，入街店备礼，一女迎面拦叙。李君则面赤语塞。女，短烫削肩，声轻语糯，殷勤暧昧，问余："何处人？"李君答："岭南人。"女掩口笑曰："怎生得若某某女黑。"辞出，余回首见，女立店门遥望李君之背，目含秋霜哀色。

询李君曰："此乃村官女，曾恋三载。临婚，惧家贫而悔，横刀断之，择富生子，售金为业。因受其伤，遂出修学就业，后遇一女，貌美家殷，恃才性傲。又有小家农女，资质平实，活泼粗鄙，终左右而不合。吾，少年失意，风流轻狂，历情负人为人负，长汝七龄，得受垂青，当明禀前缘，拂旧尘，尽微命，力效钗前。"

荣成之南石岛，海上浮网排舟，海猫盘旋。临岸腥气扑面，礁石遍布，浪高潮涌，如怒似吼，携风夹湿欲卷人去。岸边，渔妇结队，头裹彩巾，拖拽海带满晒滩上，天蓝海碧，交接如画。

岛村径以石铺，舍为海草房。李君姨母，早备一席海鲜，桌中有鱼，众人举筷，遂道乡俗云："旧时，渔民出海打鱼，不免风急浪高，因而避讳'翻'字。故，食鱼有规，但鱼一面食尽，将翻鱼身时，必称为'划'。若称'翻'，则遭长者嫌责，亦为渔民之忌。"

大　婚

至几日，李君同窗师友，遍邀以酒，略领胶东豪爽之风。

村中麦黄将收，其姐夫妇携女归助。白日忙割，晚间打麦，秸壳堆山，谷尘飞扬，乡民各推独轮车拉送不绝。登卧秸顶，仰见月昏星稀，体民生安稳之乐。感己之流离，畅然若失。

往威海订制婚需，暇做散游，月余归。晨传东厢异喧，李父忽半身失觉，寻医伴疗之余，因无籍难婚，向村官通融不得而罢。

婚日，李族亲朋妇孺，四席满座，宴中杯盘狼藉，室外暗黑，雷鸣雨暴，不见天光。雨停人散，灯昏影斜。李君浅笑望余低眉，持手诉以相思，莺燕帐暖情切，宣之白首不移。

公婆探亲去，留二人避热不出。李君遍示藏书旧作，畅聊乡邻趣闻。夜里院中席卧，叙以童事，至兴处，驮余踱步自效竹马，或抒怀放喉以歌。

一日，村官呼告："鸡瘟蔓延，各户当心。"便见婆所饲之鸡，神呆体滞。忆母传制瘟之方，配药分量，强制喂食，越天，邻鸡新亡过半，唯李家鸡体健如故。

李君访友，归染火眼，目红惧光，肿胀如桃，未待愈，余亦染。邻人传土方，煮蛋中切两半，弃黄留蛋青，敷目拔毒，二人四目偶对，大笑不止。

秋尽归粤，择赁而居，勤于画事，夫妇齐眉。月半，夜梦白虎独坐枯林，通体光闪，现以哀色。晨向李君曰："白虎主丧，恐诸亲有伤，慎之。"语落接讯，公爹不耐病苦，恐生而累人，自缢身亡。李君闻噩耗，奔丧而去。

三七归，李君心灰意懒，诸物不思。余染疾病卧，父来送画单现愠色，隔天取画，见婿盲志犹卧，压愤轻责，隐怒而去。余携柿探归。父食柿曰："汝母早钓未归，日前所绘尽售。"进室出银，变色曰："此汝画银，纳之去，吾处不留。"拒银出，仓惶步乱阶下，归见李君尚卧未起，意灰之甚，决计归鲁。

合议再三，择日购票，整物留书，登车物移。不禁埋首泪下，咬唇而泣。

北 上

寒 降

公爹逝，婆往长子处，分灶而居。李兄，邀余夫妇暂居东厢。

仲冬，降雪掩膝，泼水化冰。寒长无以戏，与兄弈，其每战必败，拱手而笑。李君列阵连败，郁翻棋盘。余讥笑曰："胜败乃兵家常事，几枚木团，一场闲娱，无关田地荣辱，何需当真。"

友索画，窗前久绘，手冰失觉，将成，李君旁观点评，非议不绝。恶其言悖，怼语掷笔，婆责曰："可争长短，勿伤器物。"闻之语绝，踏雪而出。

时久见婆，尊男惜物，食材油盐，划量为用，亲朋来探所送之物，皆自食私藏。除夕，兄姑侄孙围炕欢聚，独余筹肴灶下，于隙婆来曰："胶东民规，媳妇重节不上席。"即登炕伴众，畅怀而食。待肴齐余至，唯残汤冷饭，一桌狼藉。收之洗，婆又责用水不当，遂一念不忍，按怒投箸。李君斥之对婆不恭，余反唇击，各自恼羞失颜，退省作罢。

余多年存银，尽留归母，所携微薄渐耗为空。余之散币零钞，李君会友议事，取尽为用，故愧色叹曰："但得志时，当增倍以报。"

李兄夫妇，家贫为农，仁厚不善言辞，育一女。居其处数月，夫妇尽己绵薄微力，为购衣御寒，无半点色难碎语。

开春雪融，李君昔主三顾，曰："知卿雄心志高，吾处虽山低庙小，不妨骑牛寻马，暂做权宜之计。"遂应事而出。

月余，兄告曰："汝等去未久，母寻邻妪云：'新媳，不容婆健，苦不堪言，望前步图嫁。'不日，得荐邻村翁一相而就，将来议亲，弟须一见为善。"赶归，进道厅观婆，颜悦语柔，不掩喜色。翁至谈健眉飞。李君语默，稍酬而退。

山绿花香，春光正浓，兄急呼归。见婆，泪眼婆娑，兄私曰："前汝等去，议婚择日未定，母隔三岔五徒步翁处，为佐三餐，勤侍而居。今早复往，翁突闭门不见，呼之亦不应。晚差邻妪传话云：'与母习性有异，望自安好，勿再扰。'"李君宽言慰之，寒面而出。

榴月，兄复传归，陈曰："母中意西村之翁，呼汝等一见，议日将婚。"李君沉面见翁，稍坐寡言，不辞而去。夏初，婆收整衣物，息声静嫁。

有　邻

威海位于山东半岛东端，三面濒临黄海，西接烟台，北与辽东半岛相对，东与朝鲜隔海而望，近日本、韩国，亦为殖民旧地。

城中有山名寨子。李君事业于此，赁居山腰民宅，后院围墙低矮，铁门半闭，二层三居，靠墙一棵桃树，其旁香椿高出房脊。

房东翁妪夫妇居前院，子女成家俱出。翁少为石匠，身强力壮，食量大，好酒肉，旷达敦厚，一臂可提百斤，人称：车轴汉子。妪，祖上豪富，育八子，其降为九，临盆貌丑命悬一线，腊月以草席裹弃。外祖母不忍，抱归续以米水，回魂身健，赐名：丑子。妪聪敏多礼，直言好窥，性怪异难测，人肥皮皱，每出对人，必洁衣正服，面敷厚粉，扬眉动唇间，粉摇欲坠。

侧邻小夫妇，男常出忙生计，女乳山人，活泼多言，开口一句，必大笑数声。某日夫回，别久小欢，备肴而酌，至兴处，女做狂声大笑。妪降责："为人妇，失形大笑，惊扰四邻，可知耻乎？"女遂掩口不语。

妪去，女愤曰："古董尤效犬吠，念汝老，来日无多始让，今犯眉头，莫怪不敬。"入室共夫继笑尤狂。妪闻，持帚击门，厉斥曰："汝速离，胆敢延迟少许，寻村保逐之。"女出言顶撞，其夫忙劝搬离。

隔墙，新搬关东一女，衣鲜身细，面圆颊红。来几日，频更男友，闭门酌酒，笙歌不断。日夜常闻女娇喘嘤嘤，呼床声紧。妪察不容，责令遣去。

后，复来一女，亦为关东人氏，其体态娇小，貌美颜和，待人接物眉传风情。入住之日，尽取衣物，遍晒廊下院内，红黄粉绿，随风飘扬，撩人眼目。女事业缝衣，心灵手巧，见人出入，搭话礼频。遇李君归即随至，坐叙以柔，含情带娆。一日共院妪闲话。女向笑曰："李君神丰仪朗，汝貌平身弱，二人实不相配。"

李君事忙，晨出晚归，每得薪俸，除日用之余，尽购书以慰寂寥。余则废画，洗手更肴，举案以侍。

李君思食其母之凉水包，做不得法，馅咸皮硬，包不成貌。其归见生嗔，怨责不休，再三以释，犹激言不让，故恼怒相争。女径来劝。越日，寻稀材精调为饺，呈李君，殷以劝进。

市见布鞋匆购，归试不合，天昏出换。女问："何去？"避生事，故向之曰："鞋码不合往换。若夫归问，但言买蔬，勿告换鞋。"女诺，头点若蒜。及归，推院门而响。女速出扬声高问："换得否？"李君闻出而询，未及答。女关切复言："汝鞋，此番可换妥当？"

卧读头沉，径往女室，举步挑帘欲入，内传急呼："稍等。"收步不及，见女娇躯半裸，玉腿粉臀，满室香艳，旁一男，正理衣裤。余失色囵遁。

入夏午后，闻女哭声，往之，问故不答，侧卧呜咽不止。四邻来劝，悲怨愈烈，闭目恸嘶几欲气绝。姬令遣之送医，愈后归曰："家贫失父，来鲁就业，媒识龙须岛男。龙须地处码头，海产丰饶，户户走私，家家富豪。年余，孕而嫁。五月胎亡腹中，歇息调理。来春又孕，不劳诸务，至四月，举手取物，婴亡。身摧病卧，医言再难生养，姑婆、丈夫，冷口寒对，衣物不周，三餐不济，出言辱之频频。吾属外籍之女，近无亲朋，人孤势单，默受至路绝，受万金而出。近结一男，往来交好，望托终身，借吾银扩业，去而不见。"言间，不掩泪光悲色。

月中，姬向婉曰："室留预备亲族用，望搬离。"退租半银，做无奈状。女强笑颜应之去。

踩盘子

所居二层窗外，乃屋顶平台，春夏，遍爬葡萄、丝瓜。妪常从窗内递小食鲜蔬，不容推拒。

新邻夫妇，高姓关东人，热情好言，于四邻相熟无隙。前院临巷，居福建父子三人，贩桂圆土产为业。长子新婚，妇黄姓十七，娇小素净，有孕三月，着睡衣拖鞋，配粗大三金。

暑热无以避，各邻常坐院中纳凉。某午后，墙外呼收废弃旧物，推半开门，进五旬男，讨水饮罢，坐曰："专收老古杂器，汝等有存以示，可为断代辨真。愿售，价格从厚。"

见人谦言善，高妇出玉镯估价。其曰："此缅玉下品，不值几何。"黄女有弥勒玉坠，温润细白，取之辨，其久观曰："不值银。"问女："事何业？"黄女面赤而辩："家世商，坠是新婚夫家赠，乃上等极品。"男曰："从业半生，见器无数，从未失眼。"

妪隔窗默观有时，持铜炉询。男曰："炉为明清物，若售，估价百元。"妪嗔怪言："祖遗老物，不缺银使，不依变卖家藏为计，此多女眷，速离勿扰。"嗤以鼻，摆臂不出。

晚睡，外起异声，一黑影，匍匐近窗，贴壁而立。余悄示李君，叩窗壁曰："汝去勿滞。"影答"喏"，飞身速奔，触物砰咚，惊起院翁，亮灯出巡，人远无踪。

父来信，墨绘一锁内出双足，上写"永固"二字。旁书曰：

"自汝去，唯苦少乐，如失左膀，昼昏嗟叹一世运艰，汝今既嫁，将永失自由耳。"并朱笔勾画余名，表绝父女之情！

沉闷有日，巷传黄女惊哭，出见，其面惨白。询故曰："夫随公爹早出送货，独自昏睡，闻叩门，启见月前收旧物者，夺门而入。欲呼，为之锁喉力压床上，掩捂口面，夺三金佛坠，另有人遍翻室物，得万银去。"宽慰间，旁邻出告，亦遭劫失财。后，四围会报，被劫者有十余户，所失财物难估。自此，虽暑热，各邻紧门闭户，自求平安。

入冬寒侵，雪厚近尺，缸水成冰，入夜北风呼号。余噤若寒蝉，缩身榻上裹被不出。妪每日院下，抬首呼之："可安否？"予应声："安好。"即归室无声。

天昏大雪，妪来焦虑曰："翁午出未归，恐又饮酒出错，故坐立难安。"稍待，院门响，出见，翁立雪而望。妪即持帚下阶，力击其首斥之。翁自抚秃顶，呵呵而笑。

黄金贵

山东，自明清有闯关东之习，胶东人尤多，后，世更境迁，渐归返潮。

李君单位，属辽地国有剧团，失时难存，团长率众来投房产。旗下随众，均过四旬，拖家带口，常不和而斗。自得李君，专宠特惠，视为重臣。设计部主管薛某，为团中元老，其妻精明善助夫图，常殷勤请饭。

是日赴邀，自坐间，叩门开见，一妇探首嗲呼："薛哥。"薛妇厨出，笑称姐妹，云："夫办蔬即归。"遣去。回身唾曰："此同团歌者，持体丰姿艳，私结人夫，专好媚上惑下，长袖善舞，颇得人心。"

晚肴，烹地三鲜、酸白菜、小鸡蘑菇、二米饭等，薛某酌曰："辽、吉，地厚粮丰，冬冷寒长，雪降冰冻，各行休业不出。菜爱猪肉粉条，饮必暖肠烈酒，戏以纸牌麻将。男子爽朗耿直，女子热情豪放，人多具才艺，重亲趋利，不乏粗鄙滥情者。"

巡警挨门例查，因无籍证，得妪报信，出避山上。突击又巡，言不能详，踌躇不知何答。来巡人中，有妇村主任，见室有书籍手绘，谓从文者，通融不究。

次日妇来，请绘传报，力荐从业幼儿园，曰："汝有技，莫嫌事小眼高，用之为上。"携见园主夫妇，约五旬，面善干练。园中场阔，各室窗明几净，上百小童嬉戏不绝。

如期开课，入园室，桌排数十，齐置笔墨颜料，毡新纸白，处处有序。须臾，童入分坐，予言未竟，众童雀跃，握笔拖墨，恣涂横扫于纸上。有童力猛纸破，共邻桌笔戏，墨水四溅，净衣互污，扭作一团。园主上前提拉以喝，足出以踹，童哭人号一片狼藉。余惶恐无措，负望以辞，回做炊妇。

嫂病，目滞人呆。兄坦言："汝嫂，昔聘邻村，将嫁，男退婚，怀郁积怨，突于雪日赤足披发，狂奔而出。寻医药调，遇不合意事，便症复发。嫁吾产女后，累年所得工银，尽投医药无效。人荐村妪为看，闭目良久云：'汝某年某地可捕害一黄仙？'兄闻之忆云：'吾年十七，身壮力强，为家中主劳。冬闲，有童告村头地窖有黄鼬。结青年数人，取柴熏之，鼬从窖孔出。吾扼其颈，架火翻烤，分而食之。'姬云：'此仙，关东兴安岭籍，黄姓，名金贵。勤修百年，欲得人身，游渤海省亲，无故遭害，誓扰汝之运命。因青年气盛，不得侵，报之汝妻。'问姬：'何解？'姬令购红纸元宝，于夜静取碗置水，竖筷其内，呼黄仙名问：是汝否？撒手，若筷立不倒即是。归便依法使问，筷果立不倒。又取鸡蛋竖立，亦不倒。心悚有悔，烧红纸等物，病得稍缓。昨起收工，见大门洞开，满院水灌，炕被尽为水泡，衣物、食油投以火烧。嫂人迹无踪，于两日后，山间携归。"予闻侧目。

八罗汉

友邀访文化中心，其处授习书法、西画、国画等。师者，俱科班受公奉，院主六旬，白胖身短，一面和气，示作水彩、剪纸。旁有一窈窕少妇，着短青花旗袍，任其使唤，殷侍左右。室静，院主曰："吾侧，少得力人，有意可近修学，择机为谋进途。"言间现猥琐态。

一男子，臂夹画入，荐乃国画系首目，引其室观画，壁悬临王翚之山水，笔滞墨陈，一团乌气。男问："汝出何专校，攻习哪家？"余答："无校私学，曾散习石谷先生。"男放态曰："可知王翚为何人？"笑曰："不知。"其嗤鼻嘲曰："汝习山水，竟不知石谷即为王翚，画必一无是处。"言狂处不容人语，作俯视傲慢态。见其前恭后倨，借故而辞。

李君识文化副局，新宅需画，托予绘，诺荐以途。择日备宴，一桌半壁尽为画院头目，见局长推荐，个个恭顺谦和，诚约入院参会。

依约呈画，院长叹赞，诺之，留画参展备赛，为筹上途。秋尽音渺，往询，院长冷对曰："汝非专科名校，此处为官办，难得径进，习画自娱，亦不失为上选智举。"

李君单位废旧，新购一台电脑，限时为用，每夜私潜往学。久觉不便，筹借银购，尚缺大半而愁肠。思母处尚有存银，去信望助，母曰："汝弃亲，隔山海远，婿不思孝奉，当自受折难，拼己力图强，吾处分文也无。"院妪见二人息声色沉，问知曰："人活一世，山高水低，贫富不定，求学立业乃青年本分，勿虑此事。"取银，从窗递入而下。

自购电脑，李君辞业，日夜研习废寝忘食，偶得友荐图单，绘之以济柴米。

越冬，梦白蛇入怀而孕。

友介，临海画店才接画单，寻访能者绘。往访，店主王妇，诉以要曰："韩国古寺修复重建，诸殿需海量佛像，须先呈一幅令寺使观阅，任重不可小觑。"语必，呈寺资料数本，上印诸佛罗汉，庄严精美，明标尺寸。妇择重彩八罗汉曰："可绘此图原大，呈阅若过，画单尽归汝，绘银立结，若不中，还画，一文不付。"

置案，备所需原料，净手绘时月半。画长七尺，松木苍郁，水绕泉流，山石横陈，卧坐八尊罗汉，体貌各异，描金点翠，书偈钤印。

王妇展观，失声赞，曰："但候寺使阅画。"三日，王妇问："画单若尽为汝绘，银价几何？"详报之。月余询答："画往韩多日，需听音。"便如石沉。

久无信，问之支吾，复拒不应。往之问，妇言前后不搭，不耐烦拒。便曰："望取画归。"王妇悍曰："无画，奈之我何？"遂责无理。其夫曰："画无，银也无，随意任讼。"态之骄狂，不可一世。余顿恼曰："汝等此举，背信弃义，诈物欺人，若不计胡为，吾乃他乡闲客，将日日来此，布散所为，届时声名远播，可统诸友共庆呼。"王妇暴跳，扬言不惧，其夫易色和劝，付予画银。

肘　子

设计院张君，斯文谦和，正业之余，开店另接私单。新婚妻韩氏初孕，因单繁邀李君助绘。

一日，交单顺畅而庆，夜归曰："与张君小酌后，入一店，华丽洁净，出三女为洗发修面。张君云：'可任选一女宿。'推拒，其云：'吾等为此城才俊，志存凌云，酬慰己劳，有何不可？'自选一女内室去，吾借故辞出。"

友鲜族人，多才善营，业兴运通，纳本城温氏为妻。访之友出，温氏伴叙，潸然泪下曰："自产子，夫心日远，家儿少顾，红粉知己围绕，常数日不归。近年，屡次病卧，诸药效微，几欲魂散，心伤念灰之际，友送《华严经》，久诵，绪平病安。"呈观曰："经乃卧龙山，有德老修一妪处得。"

李君推车，夹半旧小被归，忽而一醒乃梦。天微亮，腹痛隐隐，临盆得子，声厚面方，取名为：硕。婆来曰："为祖母，若不侍孙，将沦亲邻话柄。"

往之，婆勤侍其翁，三餐蔬盛。为余煮小米陈粥，早盛一碗，午、晚，添水温之复用。居月半，食陈米二斤，邻送之蛋数枚，青菜两扎，院栽丝瓜两条。身弱无奶水，虚汗继出，硕儿唯以米汤辅喂，日夜失安不寐。

李君送猪肘两只催奶。婆每晨取肘，以刀削两三薄片，入数段青菜，点滴酱油，调水成汤清透见底。经数日，李君来，如浮海见舟，一意从归。临行，婆取肘令携，见两肘俱在，唯一肘侧，缺损少许。

寒露辞妪，别居院阔，入冬烧煤取暖，灰飞柴熏，难以洁净。所洗尿布挂之院内，冰冻成板，其硬似铁。

腊月，李君往粤办差，归探二老。父，初以礼，后借故责难，继而反目与母争。遂不忍母泣，携同来鲁。

婆知欲为母添冬衣，携衣来曰："衣多有余，送亲家避寒，勿嫌陈旧。"置炕沿去。母怨责曰："吾出身富庶，幼得父娇，半世沉浮，依书香志坚，岂受人之旧物？"

除夕，婆送一盘肉饺，二吩三嘱，特指子专食即去。见李君举箸食畅，母色沉曰："送饺供子独用，目中无人，乃失礼辱人之举。"李君见责其母，大不悦，怒倾饺入灰桶，负气而眠。

婆来，抱硕儿换衣。见臂起一红疹，斥曰："汝等整日鲜衣饱食，不见臂疹，如此带孙，若死人乎？"母闻是语，面若寒灰。余凝目向婆诘问："汝才言未详，胆敢再言一遍否？"婆语默而出。母怨嫌责余，志短性懦，护之不周，母女尽受人辱！

卧龙山

硕儿降地七日，盆水为浴，即手勾人衣，悬身不入而自保。待能爬坐，随予一物把玩，安然自乐，但呼其名，即转首作应。余忙务慌张，寻物不得，其便随手递之，自顾他戏。

三月搬居卧龙山，房东乃李君同事，纤腰一握，长发细眉，善和人意。来登门收租，与李君你言他语，聊之不尽。硕儿寻父不应，母携出戏，归见二人犹聊兴浓，向余嗔怪曰："但与人言畅，不顾妻儿，视人为空气。汝真乃无用，何有力全己颜面，护儿母之周全？"

妇去，余责之冷向，李君不受横对，摔门而出。母谴曰："吾无子，投身婿处，汝任性自傲，夫妇不顺，将何以留此？"余词穷语绝，首尾难调，若丧家之犬！

姐结伴来探，伴游数日，向母传父意云："念半世跟随，不忍离弃望归，若一意随女，自此情绝。"自此，母凡言唯与姐叙，独对余寒面语默。姐将行，母怀怨不出一语，随归岭南而去。

李君外接一单，继夜绘就，染风寒不起，差余印图往送，嘱之尽收单银。呈图，主家掠之速出，追后问银。主家曰："急送竞标，无暇予银，日后可取。"径去。旁有女职员，扬首翘尾，人靓衣鲜，嗤鼻冷讽曰："些许图银，汝岂恐不付乎？"

归告，李君蹙眉，责之三曰："此业之行规，图送付银，若待投标毕，银将难讨，此常识汝不知乎？"

老　修

实习男，视李君为师，因家遥每假来坐，亦偶宿。后携一女，乃同窗情侣，与李君热叙。晚餐毕，悠然久无去意。询："可安排住处？"男曰："天已晚，留女共居即可。"遣之言："居此不便，望见谅。"男携女去，后未再见。

有函授处，开设计课，觅师晚间授课，厚薪来聘。李君诺授两月，上下归心，未久忽曰："此业无趣耗时。"辞而不往。

自得电脑，李君制图闲娱，昼夜不休。一日故障，请人修，来者知其为设计，顿生敬慕，聊之意投。拆器详检，插件备删，点开一处现各国美女艳图。男笑曰："兄，才高志远，有嫂内助斯文，尚怀窥此之癖乎？"

辛巳五月，风和日暖，出浴春光。楼下巷内，妇妪携童，喧戏柳下花前。下行有村，瓦房连排，夹道一井，水清影澈，旁蹲妇人汲水洗衣。内有妪，约六旬，细目颧高，发染秋霜，素衣粗服，现男相，异于常人。侧有翁，慈眉面善，提水以侍。

越日楼下，遇妪，行掠余侧，飘然若清风！候之，妪出石坐，衣袖半挽，持串珠，边捻边答邻人话。余旁，试予搭言，妪贯目凝视，随散神应。寻话继叙，妪取经书两册，嘱观后送还。

李君单位人事争害，议辞创业，虑前途不济，难决踌躇，遂访妪。入其居正堂，桌上佛龛供白瓷三圣，及清水、鲜果。三壁尽悬佛像，一墙书架经书齐陈，炉香嗅之虑平神安。翁笑迎礼坐，妪盘膝，慰疑解惑，释因宣果，顿开茅塞。

是晚，妪竟叩门驮书入。略观有《无量寿经》《地藏经》《阿弥陀经》《玉历宝抄》《了凡四训》《弟子规》，光碟讲义，护生因果集等。席地叙曰："吾辽籍刘氏，事工职，育一子二女，事业未竟，无故病重，寻医效微，随熬待亡。女结学赴业，勉力南送，偶步一寺，入殿恍若旧识，落膝以拜，若百年心冤泪下不禁。寺主出呈《无量寿经》《地藏经》，令取一部归习，闭目择得《无量寿经》。日诵两卷，病渐愈，随研净宗经义，信受奉行，归命不疑。"

余则闻前所未闻，感前所未感，隐觉年岁虚度，虽有耳目，实若聋盲，纵受千般苦，亦为愚痴中人。

势　至

李君守业自图，日用勉济，后入佳境。所得酬薪一分为三，日用柴米，布施印经，余之，应不时之需。

二姐信云："子病无银，情迫事急，望得周转。"与李君议，仅留日用，蓄银尽付以济。

遇一人提鳖售曰："乃湖边田侧野生。"共妪买之寻水而放。谈及放生布施功德，妪曰："若云功德，当三轮体空不执为本。"问："何谓体空不执？"妪曰："无前念、后念、现在念，为三轮体空。无我施、所施、所受施者，谓不执。"

闻叩门，欲移足开，思先移左或右，俱为分别，若不动，似木石死物，生而何用？正此时动与不动间，亦沦为分别执地，一时，进退路绝，左右失顾，无下脚立身处。

妪入，见神恍，问故曰："释门事，小疑小得，大疑大悟，看人根性勿执。但诵经持名，莫问前后，日行唯善，至诚归心净土即可。"

七月孕，虑硕儿幼，业蓄薄，迟疑不决时，妪进言："众生平等，得人身难，留之善育，凡人自带衣碌，不必忧心。"

妪来送书站叙，感体轻脑空扑卧于地，眼前雾白茫茫，不知身在何处。须臾，渐闻人声，汗透涔涔。月余复扑，醒无大碍，谓女身多苦，默祈得男。李君研《地藏经》义，每日相续至四月，尚有三篇未结。余夜腹痛，其佛前默求，望缓延结经圆满，愿必安然。

三日经终，梦一老者，山行云深，路尽清泉。泉边一妇，身侧立两尊五尺高菩萨。一乃白瓷观音，容颜细腻，釉色精美，一为粗瓷大势至，素坯无彩，质涩简朴，面无悲喜。老者问："汝，意属哪尊？"余存谦让，择势至，放独轮车内，驾云穿雾，翻山越岭而醒。

是日无痛得子，瘦弱乖静，洁净无垢，身绕银光，取名为：梵。

站街女

自产子，足底灼热，刺钻如蚁嗜，唯摇足引风，泡水取冰，赤足踏地以缓，苦极。佛前求告，旋消。有云，敬惧鬼神为愚昧，然，依余之切肤交感，谓天地间事，非人智可臆测。

梵儿赖奶粉喂食，安静易养，某日腹空，待冲奶不及而啼。李君抱硕儿绘图，闻声而恼，掌臀数击，哭之尤甚，抚摇良久，尚抽鼻屈泣。恶其为人父失态行暴，各执争而不让。

侍子积劳，日夜难寐，几临衰竭。硕儿外送托管，去数日，每归不乐，潜探，其自坐高阶，不与诸童戏。见余，举手讨抱默然，夜起面壁立，慰之不言，遂不再送。

日忙杂务，李君自顾不及，二人疲极生恼，顿感心伤。妪来见色异，问故责曰："汝，为女子人妇，勿谓识文能绘，自视甚高，不甘侍人增生骄慢，但问，有何可自傲处？"闻之语塞，不知何答。

癸未秋，母信嘱："若有吾讯，不必理会。"未几，父来话曰："汝母，失心态狂，哭闹若疯，欲寻无常，速调以解。"隔天，母释曰："鲁归未久，汝父外纳三旬站街女，无力挽澜，任之无视。近归，滋事图逐，绝情断义，逼之甚，寻其友诉，笑云：'嫂不闻，孙膑之困魏国乎。'为出苦肉计云云。"后继，父搬物外居，不再相扰。向寄经书，劝依净土。

秋尽，母曰："昼昏独守，孤影成双，日食两餐，缺资少银，汝姐偶来探视即去，不成孝奉，苦闷无依。"李君闻之，诚邀诺奉，于初冬，母意北上养老。临行之际，洒扫厅室，留书于案，携数件单衣投身来鲁。

洗　足

搬居二楼厅阔，三面窗外可见商铺操场。前后花坛遍种无花果树，隙携两小儿，嘱立树下，爬树摘果而食。坛植闲花、冬青，有民拔除野草，种以菜蔬，晨昏齐出，话之瓜长茄短，东密西疏。

厅西设佛堂，供铜铸观音、势至、弥勒、地藏王等，两侧置五彩掐丝铜灯、清水一杯，炉内早晚卧香一支。后壁悬西方三圣，慈目祥云，垂臂接引。

母，早晚佛前，大拜过百，金刚持诵佛号，闭门自坐。南向斗室，电脑书架单床，李君闭守其内，绘图娱乐自成天地。余则沉身杂务，日备三餐，伴子听经。

刘妪得书，稀有绝购，无以流通。李君发愿自印，装订数十本散分。复刻光碟流通不断，少时数十，多达数百，其量难计，费用亦不计。

妪提包裹，解见小册，叠桌高约两尺，随开一本，双面字密如麻。妪曰："自习佛，戒杀食斋，布施放生，日诵《无量寿经》两遍，礼佛三百，诵名号数千，心头常系一'死'字。早晚听经闻法，详做笔记，今赠汝等参习，权做抛砖引玉。"

妪处，遇一众妇孺，见人来，个个谦恭，双手合十，口诵"弥陀"。

开言即道，众生皆苦，当畏因识果。竞相出银安排印经、放生等事仪。内有两妇，一为辽人山丹，一为文登人，瘦黄枯槁，携女约十龄，母女双目红肿，一脸晦色。

人散，妪叹曰："不见才去母女否？其夫酒徒，但醉归家，毁物伤器，打妻骂女。后讼离，守女相依，学佛有年，日诵经文，勤持早晚课，诸恶不做，众善奉行。近习传统礼法，授女效施，令早晚问以安，请以茶，为母洗足，得邻亲赞叹为范荣。昨日，女季终考归，绩不尽人意，将眠复为洗足，见母愁苦不乐，双膝跪地，自罚称罪。二人相拥哀恸。今来施银印经放生，以期福慧，望得解脱。"

女居士

山丹，辽籍，理发为业，夫无业身强，结狐朋，嗜酒欺妻，渐以背驰。其子入学，托人事成，备礼登门谢。人出录取单云："尚余一事未毕。"问："何事？"人望浴室云："可共沐相告。"半载事败，夫怒责打，不受私出，寻店售酒。

店聚若干女子，售酒多者，分红有奖，一众寻商，陪饮侍寝亦不足怪。山丹貌美性懦，无力与人争，业绩平平。店主宽谅，委务清洁侍茶，见店无人，传情表慕，求以私，遭拒迫就。后遇一女欺，归拾旧业，其夫掌脚复甚，苦煎日熬，投心净土，随劳认命，望消身业。

新疆女马云，体厚身硕，面如银盘，性豁达，着艳衣，垂及腰长辫，开口先笑似弥勒，好行布施功德。其韶华时体丰貌美，离籍来鲁，嫁西夏口政首，备受宠爱，纵横骄奢，尽享荣华。过三载，夫外建别舍，私纳闺友鲜族女，众朋尽知，独瞒其一人。久见夫异尾随，六目相对，肝裂胆摧，几番生死绝分断离。

夫不忍，投资为开洗浴，助弟学业，略消怨恨。后得游僧点化，性情大变，皈依净土。

余初识往访，一室零乱，其笑曰："室简有背洁净，可任意自在。"并频闻，侧室声起似狐吟。稍坐，一老妇打赤足，彩衣红裙，灰发蓬飞，入之寻衣欲剪。

马云坦释曰："吾母籍关外，父新疆人，育子女三人，弟两岁，父回乡音渺。母日忧夜怨，炕窗前哭，见天坠流星划入，便时醒时迷，狂癔症发，求医问药，徒费周章。随跟来此，人云为业障病，荐城北一妪乃蟒仙法体，看病驱邪，名传一方，登访求疗。不料，母横目怒起，骂喝不绝。妪叹云：'所附乖张法强，不受调理。'遂携母归。"

马女好领众，凡助念、供养、法会，诸方僧尼，逢之即施，呼师不疑。有五台山大僧，每冬下山其处歇单，传邀居士，收徒纳供，授习佛法，春暖便去，类如候鸟。

一日，山丹、马云共至，合掌曰："吾师远来，报之择日共聚，亲近法师，增福添慧。"月半复邀，母欣然往，临昏归来，不胜欢悦。

问　道

轻　安

　　刘妪，济南归曰："民间百姓，习净土者众，多求福避凶，豪施广布。有慧根者，得少为足，希冀感通，流于声闻小乘。释门之禅、净、律、密，各类经藏庞博如海，宗门教下，宣了义大乘之径，鲜人问津。才从吴师尼处，得《六祖坛经》《金刚经》。吾年老力乏，一意净土，汝等可研一试。"

　　得经探义，考问心源，不明生惑，如堕幽谷，风起云落何处，普提明镜成迷。转阅《楞严经》《唯识论》，兼以《指月录》、公案话头。参，德山棒、临际吼、南泉斩猫、赵州茶、云门饼、鸭寒入水、亭前柏子树、寒热阿都离。见诸圣先贤，杀伐果断，任运嬉戏，于刹那间生擒活捉，不费力纤毫。余辗转，临崖望渊，征心不得，若盲狗逐块，入海算沙，步入愁城。持素食粗茶，鄙衣陈服，虽处三伏如临寒秋，一脸菜色，如丧考妣。

　　乙酉，夜出独步，自顾垂首行。一童突撞满怀，余惊避失虑，一片沉寂，四围物事音声，起落澄然，生灭动静，明历念空。此后，如夜尽冰释，盲人识途，顶若洞开天光透入，昼昏六时，不昧不失，得一立脚休歇处。

夜梦，寺院后门紧闭，内有老僧端清水，开门呼曰："进来会。"又海延长桥，两侧站坐赭衣罗汉，体貌殊异，结各式手印，密咒紧持，余从中过，身轻意悦，如饮甘露。复登高山，云海无尽，空悬圆日如火，遥舒双臂，仰首吸日入腹，山河仿若为之尽吞。

李君兴议佛理，陈见曰："心，即是佛，不起执分别，即同是佛。"余举问："若云不执分别，食苦药，还觉苦否？"李君曰："自是不苦，知苦，即执着分别。"余问："若不知苦味，形同草木瓦石，忘失作用。若知苦，而言不苦，与自欺、欺人何别？"

李君力驳面赤间，余击掌，曰："此为有、无？"其凝结。余曰："若声起谓有，当响之不灭，若声逝谓无，应不复在有。若云，声乃掌击而有，掌息而无。卿日用耳闻之风声、水声、人语诸声，又从何来，且向何去？"言此，复击戛止，立问："有、无？"

李君疑虑，忽而神通，拊掌曰："声色有起落生灭，吾之觉性常厉而不灭，觉之性即心，即如如佛。佛说法四十九年，开演如来心眼，诸圣集结，遗海量经典，只为宣明此义。吾今后，将不为座上僧，蒙遮耳目矣！"

阿都离

后山仙姑顶，乱石横陈，径曲松盘，野菜繁生，山苜楂、荠菜、野菊、车前子、薄荷等采之不尽。夏日逢雨，雾隐山峰，不掩青色。秋至，孤坟草黄，林木萧瑟，登高以凝，飞鸟划空，风悠云闲。

焦月，外传喧哗，窗观街边，两人倒卧血泊。一众黑衣青壮，臂膀满文花绣，手提宽刃长刀，逐人而砍，得手，结队阔步去。民报警来，抬搬伤者，呼啸驶离。

李君同窗忠波，青年业畅，近临行内革新势落，来访习研制图业事，二人志合意会，通宵达旦，共宿书房之内。

居半旬，取衣备洗，波君荐："可购机洗衣，免减冬寒辛劳。"李君纳之。一夕，二人议更手机而出，母陈："自来鲁，每与亲通，用婿物不便，久羡能有此物。"遂传话李君，亦欲得之，其支吾对。午归隐愠，递机绝语。呈母拒曰："不见婿，一脸不悦？汝为李家妇，续嗣添孙，节衣缩食，任劳怨，耐清苦，只购此微物，便不情愿，实人微言轻，不值几文耳。"

友携官眷来访，礼坐侍以茶，呈山采野蔬之味。见余粗服敝履，现夷薄色，适遇梵儿闹腹裤秽，其味四散，各掩口鼻，趋避楼下。

婆纳子意习净土，香尽，托买入店，列类繁杂，价格不一。荐母日用之香，李君不悦，择价高者购。步出怒曰："吾母习佛，当择优奉，汝何故吝银多言。"余曰："吾母日用此香，虽价平，然属佳品，故荐，何分内外贵贱。"其反唇语鄙，自顾径去。

一日餐间，李君曰："但拜诵称名，不了经义，南辕北辙，即为盲修瞎练。"母曰："但闻经明义，不身体力行，徒添知见，有何裨益？"李君曰："解义如同知路，行不知途，如盲人夜行，何谈知行合一，实为盲夫愚妇。"母怒，以掌击桌曰："吾为长辈，汝为婿，狂妄不恭，何言修身习佛？"李君反讥："理真至前，不容毫厘，何分父母仇家？"言罢，二人推桌掷箸，各入自室，闭门不出。

吴师尼

吴师尼，济南人氏，四句习佛，日诵《华严经》，顿悟妙有真空，休夫弃子，拂袖五台，入庵削发，遍阅经藏。感庵门女众，质庸轻法，多为世缘不济避入佛门，道场内，分别攀缘，亡顾律仪，下山自建道场，宣经布道。

往访，几番换乘，穿窄巷数折，停一高阶门前。其门高窄石砌，飞檐斜扬，影壁灰墙下摆花卉。入堂，出一老尼，身短体厚，浓眉椭面，目光炯炯，步健行速。欲施礼，其指佛堂曰："拜佛，拜佛！"即去。

礼佛环见，内院三面围廊，殿门洞开，分列诸佛。正中一方天井，栽竹植花，上接天光。倚栏一沙弥，凝神作思，蚊落手背，毙之，自顾沉冥。

转见厨下居士忙做饭菜，茄子饼、辣椒合子、豆腐粉条、红烧土豆、馒头、油饼、米饭，油盛量足。一众入座，尼持大勺海碗，满装饭菜，分呈朵颐，不待食尽，即扣饭加菜。

过午，堂坐僧、沙弥，共居士闲话："某老太，念佛供僧不吝，独对媳严苛辱骂。某男，求财供佛，外纳私妇，横对糟糠。某妇，习佛吃素，早晚课勤，听经不解佛义。"僧曰："世人病，而生佛法，法为药可去人病。若人得腿疾、眼翳，法即为手杖、眼药，用之疾愈即可尽弃。假使无疾杖行，久而自跛，无疾之眼，药而添翳，奈何，世人妄执不辨，横生事端。"言间抚顶，现玩世不恭态。

尼提铁壶，至余前，高擎热水倒之满杯，溢之桌上，尤倒不止。余惊，侧避水溅。

尼正坐开膝，弹僧袍朗问："来此何求？"李君曰："但问做佛。"尼问："素习何经哪宗，可呈见境？"遂呈。尼瞪目问："鸟过长空，尚有迹否？"答："非有非无。"尼曰："吾辈学人，听经闻法，如乘船渡海，达地登岸，船弃无用，留后人继渡。经法好比渡船，自渡，渡人，莫执错会意。"登楼取《圆觉经》，嘱归，精研细磨，善护正念。

细研圆觉，自见性光圆含万物，六根门头放光动地，行走坐卧，任用无失。一夕，翻阅无尽藏尼，参六祖归诵偈："终日寻春不见春，芒鞋踏破岭头云。归来偶把梅花嗅，春在枝头已十分。"默首以笑。

如漂枣叶

泉城归来，刘妪回小向大，屡征心性，任举推演终不得契，志挫心灰，安念佛号。入秋，妪来凝色曰："晨起外行，翁身斜腿僵。寻吴师尼问，令就医断为脑栓，终将卧床不遂。"

翁病日重，服药效微，妪神乱，避往尼处。隔天早，尼斥曰："有病当医，病者当侍，勤诵弥陀，留此何用？"妪归，闭门佛前，昼昏念念西天，求生净土。

几日，翁叩门，趔趄入坐云："妪日夜勤求见佛往生，饭不会做，话不愿讲，食不进腹，儿女劝言不进。"随往，妪陈曰："意灰志寒，了无生趣，无力提念称名。诸物味乏，内外失调，所食入喉成灼，唯望身亡佛引，复感居处周遭纷扰，进退忧厌，苦不能拔。"

合议请侍，妪理物行速，须臾即来。择室洒扫为居，三餐各蔬，精择调配，食可下咽。然于初秋，身披大袄，操手踱步，猜东疑西，稍闻异声，便惊起无措。叙之诵经持名，皆摇首做无力态，云及佛义，目露茫滞之色。翁若自出，妪则坐立不安，揣测惶惶，叹息不止。

妪之子，稳重沉默，择业此城。青年时曾得怪疾，肤僵身寒，妪以体温为暖渡苦，视若菩萨对待。妪小女，性吝啬育一子，家庭和美。长女居辽地，人朴薪薄。三人相约来探，议案愿奉，妪拒不从。

过两月，其子伴翁复查，道天晚，携往家宿。数日妪传话："饮食不进，身心俱疲，欲归子不许。"调蔬备食，依址登楼，入之室狭物乱，妪、翁挨挤呆坐，愁容互对。妪言："吾子云：'为人子，人在身健，当亲侍父母，何劳他人？'迫令安居勿离。"遂宽言抚慰而退。

归叹，人存贪嗔痴念，然贪嗔易识，唯痴字难辨。因贪嗔之根，皆从愚痴中来，人若不痴，贪嗔自是不生。求佛不究本源，遇境识起，终难自降，不了义人，修佛增善，戒杀布施，极果人天。小乘声闻，执有为法，喜修加行，听闻大乘如漂枣叶，生大恐惧心。

出　离

读圆觉，了万物皆尘，弃行离经，绝涤法执，偶阅老庄拂迹。观《南禅七日》，谓圆融有趣，可藉遮目，戏称怀师为：南子。兼翻各类杂文闲著，皆味如嚼蜡。

母身健体安，勤课持名，诚言此生大幸，得遇学佛，当念佛恩不负。日诵佛号毕，欢喜告曰："才持名时，恍惚眼前彩鸟跳跃，荷开朵朵，鼻嗅异香，耳闻佛乐遥唱。"有居士来，随出温容伴叙，见者无不赞叹，母有修心慈。

马云来坐，问刘妪事曰："外人竞起争议，卧龙山大德老修，走火入魔。有云：'精勤净土，广行布施，耗财无数得此果报，佛法实为虚妄。'有云：'前生结恶罪重，业障现前始为魔侵。'有云：'少善根福德，修不得机，种佛缘更待来生。'众议纷纭，遍传满城。"母默坐闻传，含笑缓释曰："皆因少智短慧，执着分别故，与佛法净土无关。"

择蔬备餐，母告："少出即回。"饭备呈桌，不见归，俯窗四望，遥见缝衣店内，母架腿持珠，语之频频，示贡高得色。旁有店主妇、街妇共坐倾耳。李君腹空，踱步来察，见母聊兴意浓，饭菜趋凉，瞥生恼怒曰："自尚不明愚暗，偏事攀缘，妄渡她人，无一事处。"楼下呼归，觉婿不悦，各不言语，温蔬以餐。

小年，天阴风冷，厨制过节之食，梵儿流涕，神欠意烦，母出伴。回神不见，寻至街坡，母抱梵儿肋夹鲜蔬，气喘而来，曰："见汝务繁，远携以戏。"余曰："风大天寒，恐染寒疾，不宜外出。"母黑面归，每饭三呼冷对。越日出，问："何往？"去而不应。

次晨复出，天昏归，入室敞门而坐。趁叙，母沉面曰："明日将离此。"问："何去？"曰："马云荐河北白雀庵，庵大尼多，便于修行，吾心意决，票已订，勿多言扰志。"复与言，闭口不语。

隔日天黑，母理物出至门首言辞。李君自顾不出，余执出而送，一路雪厚夜灯昏黄，狂风卷雪飞似烟雾。母身弱衣单，背包前行，近车站，温言禁送曰："天寒路滑，前途难行，子待母归，汝留步，善惜身命，就此别过。"转身踏雪，隐背而去。

母此别，径往白雀庵。厨间劳务，夏历炎热，冬临冰寒，人事日课，各务甘承，苦乐冷暖，自受难陈。未满三载，主持见人勤识文，择日为落发剃度，赐法号"慧慈"。是年登普陀，受三坛大戒。受戒之时，入门过阶，眼前一尾红鲤跃过，慈师惊卧扑地，足崴难行，随众搀扶受戒为释子。后入佛学院，结夏安居，融身佛门，迹遍南地，挂单福建龙岩。

自此一别十余寒秋，虽为至亲缘厚，不敌僧俗有别，凡情自此难寄。

普陀僧

释定觉，僧腊十载，其形清逸修长，坐必双盘，行若流云。

昔曾从商结政一方，势尽财倾，皈依佛门，四方行脚。遇古寺遗址，见断壁残垣，奔走集资发愿复建，与各寺主持交厚。

秋末，上海码头登轮启航，闭目静卧，船荡人昏。夜出夹板之上，天沉海阔，相接无际，浪黑水深，高推翻涌，蓦然心惊，若欲吞噬人入。颠晃夜尽，鱼白船泊，出仓，四方海平一线，辽阔如镜。日轮初升，洛迦浮面，辉接天海，触根交感。堤行登岸，僧众络绎，山环林茂，寺隐钟鸣。

法雨寺下禅院，后行两进拱门，客房静闭，依墙叠石，竹影轻摇。晚斋夜沉，两小儿入梦，僧来伴坐，叙以往尘己历，灯昏月明，似叹人命沉浮。

普济禅寺，林深木繁，曲阶境幽，过海印池，绕至寺内大殿佛前。适逢法会初散，香火弥漫，众僧循廊齐出，古刹飞檐，长袍黄影，柱斑壁驳，恍若久候故人归来。

紫竹林之潮音洞，怪石突峭，洞口仰对海开，浪翻注洞击壁，声震耳鼓。逐声随息，念念归寂，意会观音反流闻性之境，印之稀有。

夜归随僧，东折循廊侧进一院，寮房阶低，分置花木。石凳正坐一僧，着黄袍，悠然闲淡，自带威仪。施礼，僧问："远来求何？"李君曰："求佛。"僧问："佛在何处？"李君叩首答："无处不在。"僧礼坐布茶，陈以佛门中事。

次日临昏，随僧登船，舟山缓移，普陀渐远。出寻水饮，途经一舱，内坐尼众十余，三旬五旬不等。中有老尼，约八旬开外，骨瘦嶙峋，两尼搀扶而行，每步身颠足颤。

余入，礼拜供养，老尼摇扶令起。一尼热面宽口曰："尼师，自幼落发入庵，修持净土，僧腊数十，未出北地庵堂。早羡普陀，不成缘行，春秋匆耗，恐寿损遗憾，以耄耋之身来朝。师向严持斋，不受点滴荤腥，一路饮食不便，自带锅灶，为调素餐。才扶过舱，遇食荤者，闻味欲呕，几经失魂。"

老尼开目，令侍者书庵址以赠，示意可择时任往，愿收为徒。感尼宽仁慈怀，遂探身，匍匐再拜。

落　发

船舶上海，僧携访商会居士，住豪宅，食珍馐，出手阔绰。又两日，拟期邀约鲁聚，分行话别，择居南京路。日游黄浦江，遍寻传统小吃，私家老店，略领洋场十里风物。

豫园出，梵儿咳声时起，服药两日无有起色。询李君望送之医，怪责曰："受寒小病，无故大作。"次日乘车，于三日后抵鲁，已是日夜连咳不止。送疗医责，拖时过长致成哮喘，开针服药数日才缓。此后数年，此症频发，一月两病。

夜梦天黑浪高，灰鱼竞游出海，横卧岸沙之上，腹开肠出，奄奄一息。一船身破桅折，迎风背驶向海而去。醒后，冷寒透骨，挥之不忘。

月余僧至，撩袍盘坐，见居所陈简，叹曰："清寒若此，有何恋乎？"约半旬，知余无户籍，李君设计业精，曰："世浮炎凉唯苦，徒劳挂碍无益，佛门男众人稀，当思早离，二子可送佛学院受习道途。"

闻之意合，收理多年所藏书籍、器具、杂物等，划分归类赠予各友。所蓄之钱，留少许日用，倾囊供养于僧，即为李君剃发，授之僧衣钵衲。友丛君、刘君来探，见其僧衣长袍，四壁皆空，神色悽哀，目隐泪光。李君笑慰，向赠珍藏之物，二人叹吁而去。

僧议先行，李君神哀色黯，沉吟踱步。余言以宽，待天黑月升，裹衣自出，剃落长发，踏影而归。晨，二僧携硕儿阔步去。

李君此去，挂单西元寺，参济法师，染风寒病卧，得师兄、知客师照拂。硕儿亦剃光头，着僧服，修学仪规，整卷背诵《金刚经》，梵音《大悲咒》，《十小咒》《论语》《弟子规》等，得寺僧喜爱，称为法门龙像。

寺后院，居耄耋老尼，面严语寡。某日持杖过角门，硕儿尽力推门让过。次日早，尼提零食鲜奶，静候寮房之外，叩门放物嘱曰："专归小沙弥食用。"驼身缓去。

有居士见硕儿，尾追供养，恭敬礼拜，呼称："师父。"其皆不迎不拒，受用自然，伸手缓示云："起来吧。"颇有贡高大德之意。一日，又遇居士礼拜，复云："起来吧。"济师晨打太极，远见近前，捏其颊使力曰："起来吧。"硕儿受拧，啊、啊不已。

人告，池内潜有大龟，唯济法师可随意呼出。济师闲隙，携其游放生池，良久不见龟影，央迫济师呼龟一见。济师问："汝几岁？"硕答："六岁。"复问："龟几岁？"答："四百。"济师抚其顶曰："汝六龄呼四百，无有此理，焉肯出见。"

元宵节后，三人出苏州一路南下，留迹六榕寺、弘法寺，经南华，往曹溪云门挂单，拜会佛源老和尚。

云门为禅宗道场，法源脉长。佛源老和尚，乃虚云长老近侍弟子，竭生尊师重道，不负三衣一钵。寺内律法严明，自种田地，持出坡之习。寺有小沙弥耀一，长硕儿一龄，两人初识，意投熟戏。其父母何籍、何在、因何出家，俱不得知，唯祖母相伴，早晚闭门，写字读书。

随僧参拜佛源老和尚，入庭见，两僧搀扶长老，步至堂上桌前，俯地顿首，叩拜虚云长老尊像。礼罢正坐，问："来何意？"僧禀："望寄小沙弥此间修行。"老和尚斥曰："汝为主持，有寺，无力蓄沙弥乎？"起身自去。

辞云门，往福建，路遇走失幼童，虎头呆脑，顽皮可爱。四寻其亲不见，僧决意，携之身侧，收为弟子。

归　来

腊月，冰封雪扬，独携梵儿身孤影单，进退渺茫，踌躇莫展。先贤云："苦受、乐受、不苦不乐受，一切要受，一切不受。"深以为然，添抚顶之习。

马云来坐，调侃问："汝何无故，常自抚首？"余笑答："自去青丝三千，顶首无限清凉，常抚使亮，若行夜路，不惧无灯昏暗，汝可一剃共明乎？"其失笑喷茶，仰卧椅上。

三月，李君告曰："可动身。"问："往何处，子可安排妥帖？"答："汝无户籍，出不得家，先为居士进私人道场。子幼无缘佛学院，福建有庵，尼建学堂收留幼儿，协商可置之。"余曰："吾有心佛门，愿修身正受，若甘为居士身，可留世随修，何必抛夫舍子，多此一举。二子年幼，当读书向正途，若随置乡人莽妇，实无稽荒谬之谈，恕不能从。望速送儿归，汝自便勿念。"

李君归来无衣，借银为购。余发长成寸，难辨雌雄，对镜容陌形瘦，外出引人斜目。硕儿入学在即，无籍难为，询长姐曰："吾等失学，从业不易，世间憾长，于人事失职，心煎迫愧，何有颜为人母苟存？"姐劝慰，寻其公爹周旋。幸而人事和合，两月入籍。

商友云："韩国人建酒店谋方案，几家投标竞争，望共图之。"一早，李君出议公事，午后始回，行色怪异，询之再三，支吾曰："议案通过，众悦邀往洗浴，分以按摩。围巾室入，一女令俯床上，未几回首，女不着寸缕，赤身裸对。虽心惊脉动，然无妄行，唯对坐守礼，聊以往历而已。待出，众友候之讥问：'李工，此番对嫂将做何解？'无奈，出几人费用归。"

予质问："知女为娼行，因何不出，见女身赤，尚滞留双时，假释千言亦为强辩，实自欺欺人之行也。"任其陈不二过，意寒心远，如鲠在喉。

年余，韩务事毕，其得资重购书籍各器，暇沉书房，观影自娱，余没杂役，无暇他顾。是晨，梳发不畅，李君自来为梳，力拙发断，怨以避。其投梳震怒，恶语以激，回言不忍，向丢书册，其飞书回敬正中眉间，滴红衣染，以帕捂就医受缝三针。李君懊悔，自责不已，各安己分，互不相扰。

雪山供僧

夏暑相交，游后山，一路炎炎，遇人结对抬木板菜粮而上。及顶林间，众人忙搭木棚，有一僧挖地凿槽，引水聚池，不亦乐乎。

友刘君三旬，与李君交厚有年，陈见赠书，叙荐释门。半载，其姐云："自弟习佛，与妻分室，戒荤食素，一日两坐。任妻动之以情，温之以言，俱不为动，寻公婆劝，自行如故。"

探之，其妻怨诉，父母责斥，刘君皆语默对。月余，刘君至曰："父母欲断亲情，妻意决离，亦不泯志。"笑隐哀色，神黯而去。后，不辞影消，未知所向。

寒冬又至，操手裹衣，踱步窗前，观外大雪纷飞，呵手曰："今逢十年不见之冬，雪降寒摧，不知山上僧，可安否？"李君曰："寒冷至此，在亦难安。"忆僧物稀衣单，议曰："不若携汝僧袍大袄赠之。"

裹袍往山，寻径而登，风扬雪舞，踏足深陷及膝。觅级而上，山石匿隐，塔松林木尽为雪覆，冰结晶莹仿若琉璃，登高俯望，澄净肃穆，天地尽白。

林内木棚孤立，雪掩半壁，近步轻叩，传声应进。见僧裹衣拥被，四壁空败。问讯呈袍，礼坐以叙，寒袭冰侵，身瑟牙战。

僧曰："家贫，少年遇僧，辞乡落发。初入佛门，提心觅法不见，日复年年，衣食无忧，渐沦为过日子。年而立，身懒意沉，前后无明，百无聊赖，轮荫复载，若行尸走僵，发念为释子，竟不曾托钵，遂出寺，徒步北地。至此城，望海盘坐三日。有居士，出大供养亲侍，予拒。放步此间，为登山居士见，殷勤供养建此木棚。吾虽为僧、天人师，然，少文盲法，无修无证，愧对人身释授。人云，施主一粒米，大如须弥山，受人供养，何以为报？"言间，泪目自含，不成语句。

春寒，夜梦游市，见母背对前行，路尽倚墙止步。近之，粉衣面枯，哀默以对，复行窄径，登坡身隐。余坡壁一株寒梅，携露夹霜，一树花开。

晨起恍惚，慈师传话曰："佛学院内染风寒，服药无效，师兄弟强令医查，断为肺疾，寺内恐染僧众。"示意，望归鲁调养。余婉曰："候音，待共李君议。"

师知为拒，越日信曰："已移庵院调养，得僧尼、居士四寻草药煎服，不必挂念。"

秋　声

太　极

玉商刘氏，购楼设计，邀李君出策交好，因其财重近权，托为办户籍事。诺之，寻亲上下打点，费时数月，无果而罢。

硕儿入校两月，上方下巡，校布令生员各习一艺，以备演观。众家长，四寻门路，报名以习。人荐黄冠区杨氏太极拳传人，云其开馆收徒，身怀技高。

择日，寻址进院，庭前开池鱼游，绿植繁茂。过廊室空厅阔，摆中式器具，见陈氏身壮面黑，问来意，呈祖像、证书、奖杯、众弟子像，曰："自幼习武练功，寒暑经年苦吃无尽，得奖无数，收徒海内外如云。今虽五旬，功高身强，但动手，三四壮士，亦近不得身，若蹲马步，任青年二三人推，可不动分毫。"并起立马步，频呼以试身手。

应之，问："可备就。"其提气，持余掌置腹曰："随试任推。"蓄力将推，复问："可备？"其沉步曰："速来之。"遂轻触，收力外发，顿暴寸力。陈氏不备，趔趄步斜后退欲倒，稳步定神，面赤若朱，左顾而言他。

辞出笑议："吾为女弱，谓这厮言狂，必有过人身手，岂料掌力仅出八成，便若此狼狈。所幸徒众不在，虽夸言自大，而无大失，尚可全自颜面。"

婆因翁，房产子女事起龃龉。翁嗔怪，欲逐婆出，协离聚集民办，各推己过，吵闹不休。民办逐之，命自调再来，归而两仇，婆径来共居。

自婚，婆意永隔，逆对人心。此番来居潜身念佛，静候人侍，泰然若主。李君则愉悦心畅，常伴母共叙。月余翁来，默坐不出一言。婆见，心释前嫌，意欲从归，苦无阶下，坐立惴惴。李君余恨惜颜，意存折翁，故尔沉面不理。三人僵持不动。

余不忍见，向婆曰："翁远来，但念多年为伴，从回度日，勿念旧恶。"复向翁曰："婆从有年，侍奉至微，无有大过，当多念彼厚，各退一步，携归好伴余年。"翁接话："所云极是，合当各让惜之。"婆速取衣物，随翁和颜而去。

风　寒

六月，有居士往生助念，马云主持力邀。往之入室，各物横陈，人声嘈杂，一众席地环坐，翁妪妇男齐念佛号，数名幼童混迹其内。马云着常服，持法器，立亡者床侧，时而朗声唱诵，时而劝诫求生极乐。床周围坐亲眷居士，边念佛窃语，或东张西望，汗出香熏异味冲鼻，尽失助念之仪规。

与李君口角，怨其言不逊，往马云处，其笑曰："汝等读书识文，又参佛理，当无烦恼，有何争执乎！"晚邀友聚，灯光暗黄，酒斟满杯，换盏三句，马云头裹轻纱，身披彩裙，赤足舒臂而舞。坐有鲜妇持箸击桌，粉面微醺，放喉以歌。余神昏意懒，睹物声色，浮光如幻。

经年操务身倦，马云劝服药调，携专配之药，迫令煎服，询药价近千元。余身无钱，无奈，取父予黑白相机，赠以略酬。下旬，其来曰："才识开茶庄者，有为多金，其店虽豪，然无字画饰，望汝绘赠。"推拒，其曰："吾于字画不辨优劣，汝只需随笔任涂即可。"予拒。其愠辞，断绝音信，再无往来。

冬染风寒，卧数日服药无效，寻诊开药点滴数日，冷热交替，咳之不断。医嘱拍片，观云："无碍。"继吊点滴。几日无效，饭水不进，日夜连咳至力竭，气尽血出，恍恍然，若将尽之烛。

送医为肺炎，令速办院住疗，未几，眼茫耳绝，不知人事。待后，恍闻人语之声，冥惚由遥至近，远若雾隔千里。自此病卧用药，日耗千元。李君每日备餐，送食即去，待病控稍稳，携药归服调养。

梦魇

房东涨租，另行择居，复拾于绘。开春余暇，树下几方空地，锄草种以蔬菜，每昏提水浇灌，苗长叶增，而生欢喜。

夜深天沉，黑云低漫，风卷迷雾，巨蟒呼啸，身后狂追不止。奔至树下，忽而无踪。仰见树干挺拔，枝拢无叶，微光投罩树下聚影，蟒盘树腰，黑体压顶，悚然一惊而醒。

晨光初白，李君面色疲惫。入曰："晚间身痛难忍，呻吟半夜未眠，手背、腰间红疹少许。"观曰："莫非蛇疮乎？"寻医云："为病毒，旧称蛇盘疮。此病发起，疼痛难忍，拖延可留遗症。"开针配药，归服两周始愈。

夏梦，左壁墙缺一孔，黑蟒拖尾行过，门首阶前沟堵水臭，端清水冲洗，即趋通净。日间至昏无事，夜深欲寐，门响声震，启见邻妇哭诉曰："夫才浴将睡，突口吐白沫，失语身搐。"李君呼打救护，助抬送医，下夜才归。

未几梦嫂，面肿入山，一沟水浅浮臭，内沉黄鼬之尸。是午兄至，哀叹曰："村中拆迁，租居民房，三年期至，近分新居即将入住。日前工忙晚归，不见汝嫂，四寻问邻云：'见其携包推车出，问何往不答。'寻四方百里无迹。"自此音绝，生死不明。

梵儿入学，因外籍常病，入园时短难进。开学在即，校内众童人集，翘首以待录收。叩校长门入，呈四条屏，示来意述望，为填录取单，事成不过盏茶。出校门外，集一众父母，锁眉愁虑，为谋入校之策。

梦夜凉如水，池边石坐，左右膝各坐一白衣长衫男子。右膝男子持扇轻摇，向左膝男曰："汝，暂留司职，吾将先辞。"云罢即逝不见。

梵儿体弱，入学接送，路石碎布，行之右膝声响，其疼如刺。养有日，肿痛日添，不能劳务。医查骨裂需住院手术除之。李君呼婆，照看俩孙，日送两餐即归。余则静卧望壁，折耗光阴，遇净手等事，依杖勉行了事。

儿日归，李君厨内备餐，余则卧。婆不满，向之醋嘲曰："吾子为男儿，今落厨头杂役，汝何来福之巨也。"冷面去。

余先前肺伤未尽愈，又添此疾，身败尤甚。日夜汗浸衣被，形瘦神乏，如枯枝遇冬，屋漏逢雨。

苍生鬼神

设计普及，青年才俊辈出，李君守业渐入绝境。几人又频病囊空，转向婆、姑借之度日，见非长计，劝出应业，一月而退。

慕氏，荣成人，其热情强悍，出身院校，乃此城设计先河。李君青年即闻其名，得遇缘会，投机道晚，议商共谋，互往交繁，称之为慕姐。

熟知余病，曰："吾村有翁，昔田间事农，疲眠树下，醒来狂奔乱语，医药无用由命。过十几载，忽一日，自沐净衣，狂癫尽散，温文尔雅，知人不知事，识各种草药，为人解疑治病，四乡尊称小神仙。吾之业畅，多赖其佑，不若往之为调。"

随之，穿石巷进院舍，翁步缓斯文，闭目静坐，有时曰："汝本上仙，因犯过罚下天庭，受诸苦折罪。又少惹嗔仙，故运衰多病为人轻贱，若不早行调解，终将苦尽命休。"临辞，为配草药、五毒包，嘱令配戴煎服。

玉商刘君，久别来坐，曰："青年谋业，图孝父母。拼杀经年，聚财无数，得洋房别墅宝马香车。双亲事农，不惯市居，为便孝奉，迫接来住不使劳务，燕窝海参勤为滋补。过两载，父去母亡，心伤难述。"李君亦陈，业衰妻病，互宽以叹。

刘君夫妇，邀游昆嵛山，抵一宅，出迎五旬药僧，荐其谙中医针砭，医术高深。另有老妪，腿歪行斜，每步维艰，刘妇伴之侧，两人不时窃窃私语。

一行徒步刘君新购之山，陈之将建院舍，备天年归隐，以享田园之乐。余则力竭，寻石沐光而坐，放目群羊缓行山径，咩声时起。

山门之前无染寺，香火缭绕，二僧殷介游客请买长明灯，曰："灯能去病增禄，世福绵长，仅需百元。"出寺上行，山岩叠伏，九曲潭澈。倦游荫息，老妪突步向李君云："观汝前世为僧，转生今世，运衰业塞，一见若子欲泪。"问之前途运势，云："三载内可得房产，然苦煎难免。"

余试问一二，妪冷色，曰："汝前身为犬，颇具灵慧，常入寺闻经。寺殿某日失火，一僧抢经书扑火，倒地不醒，犬以舌舔其面，得活命而犬亡。僧感其恩，为诵经超度，立誓酬报。僧乃李君是，汝即是犬，故今世为夫妇，以消前缘。"

众友往访道学相士。其态高姿殊，作怀珠隐光貌，云："凡人皆有本尊，形貌不一，吾常自见本尊，为一灵童，戏于灵台莲花之上。"向慕姐云："汝之尊亦为童子，正戏于肩上耳边。"

几人归议揣度，一番笑谈，云："世情纷杂，多奇闻异事，虽分化万相，如空幻生花，终不离识海。世之成聚坏空，人之病老生死，皆乃循归自然，以平常心对。不应遇此荒诞无明处，滋生分别，则属愚昧癔症，无有是处。不若效古人语，敬鬼神而远之，始为智举。"

退　银

昆嵛山归，每日恹恹昏卧，若去筋剔骨之魂。

药僧来访，见余神衰面枯，似秋叶经霜，隐泪曰："吾从祖习医，婚配妻亡，步止五台落发。久而心空，行脚昆嵛山，遇施主建小道场，随缘调人病苦。汝等为文怀才，生而不易，当精配良药，竭力为疗，药物医资，免虑勿忧。"

湘人欧阳，身矮面圆，蓄长发，好交际为设计。自深圳来此创业，买房置产，业亦不顺，寻李君闲叙有悟，剪长发，以光头示人。初到访，笑声朗朗，连呼"大嫂"。添茶闲聊儒道旁门，南北人事。

因父研周易相术，所交异人杂广常聚以论，余旁听，偶得私授一二。见其面含杂气，眼带桃花，鼻隐有物，失口半句而止。其问再三，予曰："汝性聪人和，有背妇私通之嫌，若不惧，财先聚后散，可不必慎思正行尔。"其闻正色，释曰："嫂此言不实，从何而观，可否尽告？"遂婉言："若云不实，告之何益？"后数载，荣成又聚，其实言告："昔外通一妇，为生一子，才往探归。"

欧阳，识七旬唐老，其事绘，身五短，面似猪腰，形似蛤蟆，左腿跛。随行保姆，粗拙面黑，来访礼坐，观壁悬之画，赞叹不绝，曰："早习版画，事业国属，离休无事，专画白描观音，年老手抖，保姆亦助绘之。"呈其画观，形走笔斜，神滞线劣，距门外尚远。不忍折其颜，言以励，留饭去。

月余，唐老至曰："友求画关帝，线罢无力敷彩，故来相求。"诺之，称谢去。除夕，求三圣稿曰："不善画稿，十万火急，明日即得，万望成全。"连夜赶绘，得其千恩万谢。

李君接王某投标方案，耗月半，方案尽呈，酬劳尽付。越天，王某话云："投标不中，折翼损财。"愤愤语鄙，讨要绘图之钱。

次日，王某复恶语催，李君恼对，其不愤云："外约一见，钱若不退将倾黑道，莫怪惊扰妻儿。"余曰："此人量窄心恶，吾等势弱，为人各有不易，可退与半银。"

往约处，吧台壁角独坐一男，鸭舌灰帽，面色凝虑阴沉。礼坐陈意，呈钱辞出。半途，王某来话云："见汝内子伴来，始宽面谅接半银，不然，定难作罢。"

霜降冰结，风摧业寒，子无故常为一恶童欺，几番调解，不敛尤甚。李君业滞，整日愁面沉吟踱步，遂向进言："此业繁地饱和，青年辈出薪低，难与相争，不若回归故里。小城各业态缓，友亲人聚，或有机遇作为。"遂寻其师弟安排转学等事，不日齐备，连夜收物，回根荣城。

有老无尊

荣成之东西龙村，约上千户。所居巷尾独院，大门两扇，上留方孔铁栓，门外入手可开。院内列上房、东西厢，入居清扫，窗明厅阔，置以书房佛龛。正堂后壁，取竹席制帘遮蔽，挂双燕海棠图，帘透微光，反衬双燕飞鸣，别有情致。

厅放大盆吊兰，叶垂满挂可绿四季，蟹爪兰枝杆倒悬，应时花红若锦，另有非洲茉莉、剑兰等，发枝抽叶不断。院对大门，编竹制影壁顶棚，种以葫芦、扁豆，春深叶茂，攀爬其上自成绿幕。入夏，眉豆花开红紫，结荚连串，葫芦蔓长碧绿，随风轻摆。偶见螳螂，举刀瞪目，隐身其内。

李君友朋，常携内眷探叙，别时年少，意气风发，今聚颜改，呼儿带女。每来，各携海鲜时蔬，院中围坐布肴，缓尝慢饮，不限时长。待月升夜浓，酒尽人散，膀肩长笑，横巷而出。

正月，婆、兄携女先来，姑姐一家后至。诸亲登炕，余厨下筹餐进肴，众食开怀，中途呈主餐，婆沉面投箸，冷口斥曰："餐量若此少，够几人用？"李君如故，视若无见。归厨，忆其当年语："吾母心善质朴，必视汝为己出。"哑然寒秋。

邻居翁妪，但闻狗吠门响，便径出巡望。翁身健好言，早为村主，能歌善舞，好拉京胡，有二子成家各出。见来新邻，奇入询叙，知为文事绘，刮目另待，各自礼敬。

门外倚墙土壤肥沃，种以黄瓜、豆角、青菜。春日门侧侍农，蔬长虫生。翁见，勤为浇水打药，每晨入园，选萝卜一个来赠，虽力辞而难拒。

一日，院中侍弄花草，翁不请自入，借叙植事，陈以往历，至兴处，取京胡，展声而唱。为不失礼，随言叹赞，末了，翁笑出土人荤语，露粗鄙之貌。自后，待儿出往校，闭门封孔不出。翁来，欲进不得门开，羞恼而退。

坛内，菜虫满爬叶间，余持竹夹，依叶细寻缓夹入盒，自得其乐。翁提药箱过，语出嘲曰："汝种之菜，尽为虫备，真文人雅行，世之鲜善。"嘿笑径行而过。

唐老远来，添茶陈以近况，曰："自观汝绘，归率保姆勤习，北上京，南下粤，参某展，得某奖，画为某处藏。"言间，已然成师至尊，才能无二。复指司机曰："此为铁粉，收藏吾画，专事供养文房、出行。"并呈近作画照令观。所见，生堆硬砌，形滞色劣，唯观不语，任其大言。语尽一板。其问："汝有甚大作，可呈洗目以效。"余辞曰："久病未绘，无以呈。"复恳再三，随取闲戏、意临某家之隶书。唐老得色曰："汝画无长进，构图设色无有是处，青年人，应勤于学，不当懈怠。"指点字曰："此人书法，不甚入目，无识之人，方书此字。"遂呼名任批画界元老数人，皆乃狗粪糟粕。

见其狂发，不辨南北，难按心火，向之曰："初谓，汝只年老画劣，今始知，人鄙品粗，本为猢狲，尤效犬吠。若非念智愚老残，当提板砖击首以敬，吾处不容闲杂，汝速去不留。"其老面通红，瞪目脖胀，击杖而去。

山　鬼

画院长卢老，乃李君师公，孤傲耿直。凡草民有事来求，竭力为办，遇财势者求，量才视能，不徇私情。存机心送礼者，则启门外掷，驱逐人去。

访见，人清骨瘦，喉哑声嘶。问故曰："昔冬寒，京特传调令，开春将往。室冷生煤火，闭门窗沉绘，中毒昏迷，人醒身衰，辞务调养有年至今，写文养花，慎独清净。"出别回顾，卢老伫望孤立，神色清冷。悽然由生，呜呼，德才兼备者，偏命蹇运塞！

友云："美术馆王虎，画艺超群，人品仁厚。"往访，馆分两层，布油画、国画。王某，光顶面方，述历曰："少习绘，为四乡称道，及长娶妻生子，家寒徒壁。穷途妻弃望绝，守薄田苟延，谓今生休矣。后遇馆主托务此处，合约十年，付三载薪。吾善取绒布上绘虎，得商权喜爱，聚银新娶辽籍妇，一扫前愁。"

呈画予观，王某连赞，曰："汝有此能，前途勿虑，筹一位，进上流，如囊中取物，可装裱馆展，另为力谋。"

中旬请饭，酒足，馆内画室茶叙，李君神昏小憩。王某出语："吾有新作，欲绘山鬼依卧虎身，久觅模特不得，小地女子羞见为耻，遇愿者，又嫌人浊秽画。见汝，纤弱窈窕，神韵近似，可否屈驾为做模特几日。"余向之正目直视，其闪目，言他而过。

月余，王某传话："某局见汝画喜爱，将为谋。子近调业，需送大礼上方，可否代绘八尺富贵图，为备酬礼用。"余礼辞："务忙事繁，静候便了。"稍过，遣李君，往取画回，悬之壁上，供自娱耳。

龙某，能言多谋，育一子，十龄病亡，四旬复得子，稍长为智障。心灰从商，为人设计建宅，助观堪舆，敛财有方。到访，口沫星飞，滔滔不绝，见壁悬之绘，求赠曰："酒香不惧巷深，依汝等之才，吾之能谋，自可成事。"后，常用李君出策绘图，唯不出半文分毫。余恶之。复来，几番示意讨画，佯做不知，其转询润格，故示之高价，予拒。再来，则内室自卧，避之不见。

市经佛店，满聚人众，有僧上坐，开示因果。末了曰："铁槎山建寺，感恩居士资助。"有护法出陈："建寺之辛，筹资之难，山境之劣，僧者之苦，寺成在即，尚余许多艰难，望来众从善如流，有力出力，有银出银。"见此，归取昔绘三圣像，供养僧寺，庄严道场。

熬　鹰

西龙之西小孙家集，逢四五一会，人挤物涌。环游半市，有土产干货、布匹、农具、树苗等，尤以海鲜主领。崂山花蛤、海参、虾爬子、蛎子，裙带、海发菜等等，盆装车载，鲜活呼售。

内有一物名海蓬菜，亦名碱蓬、翡翠珊瑚。其生长海边，春季梗高数寸，环生复茎，色碧绿，入秋则殷红连片，远望风吹飘动疑似血海。春采以水沸，冷泡一夜，水尽染为玫红，沥之切碎制包饺，美味难述。

复有海藻石花菜，貌乳黄透明，入水慢火熬煮，取布过渣静置，可得海草凉粉。其色粉微黄，晶莹剔透，调以醋蒜食之，解暑清凉，非他物能比。

儿入村校进读，日习功课，兼轮值挑粪农事。遇假日，闭院门翻阅中外书籍，若校童来呼，让进伴读。梵儿不耐长静，坐候其喧，持细竹旁观以责。

未久硕儿校归，携一幼犬，毛色灰黄，左耳鼻黑，夹尾怯懦。乞留以饲，久而胆壮，每见儿回，奔迎摇尾院内共戏，为两小儿心宠重臣。

夏末，探身取物，后腰骨响一声，站立疼痛，但卧，翻身不得。寻诊为腰节突出。医曰："不易根治，不能劳务。"遵医嘱从针灸、按摩、电疗。调养数月而效微，望绝自哀，熬耗度日。

忽遇人曰："向北牛口石村，有龙姓，专医腰疾。其早时自得此症，辗转多年求医无效，后知僻地一叟，专医腰患。往之，叟为疗即愈，讶异之余求习。叟拒。屡叩求，亦遭拒。遂志誓学，遍觅医书，取狗、猫、牛、猪，凡有腰骨之物细研，纯熟至，于黑夜可任意拆接。又四寻腰疾者免酬为医，渐技精名扬，引京城骨科院士、海外病患，径来问诊求治。有国属医院，出巨资索技授课，均为其一力回拒。"

出村不过盏茶，便至牛口石。跨道村口，成排民舍，一院矮墙壁书"售药"二字。入之狭窄简陋，两旁东西厢、上房，隔分几室，布床位数十，满卧老壮患者。

大门内侧斗室，外挂鸟笼，有鹦哥呆口道："你好，笨蛋。"迎面一人约六旬，面红体方，开膝而坐，左臂雄立一鹰，爪尖啄锋，目光凌利。道之病，置鹰架上，以拇指探腰曰："汝之腰骨突几节，约错几毫，若医，需费三千，来卧七日，归家静养，越春冬可愈。"

归携所需，择室待。医来，令侧卧屈身，以指触患处，命力咳数声，速按一指，嘱仰卧即去。

余室四人，有妇约五旬，每日疼痛，日夜呻吟，叙曰："家贫，农务繁重，得腰疾多年，苦受无尽，从此医，手到病去。归家农役无人替，但能身动，跪地劳作而疾发。复来医愈，又役又发，如此转为症重，已无治愈之可能。"

每晚，医来巡视即去。是日，面沉不悦之色。问故，其懊恼曰："年前，重金觅购一鹰，归熬不寐数日，精心饲养调教，视为命脉。今早友来，邀往山间，放鹰一试身手。登高解绳，鹰做一声长鸣，直冲天际，不见影踪，守至黄昏，望绝自归。"

不日起身，踱步院角，见一室遮光昏暗，高架横木，满挂生肉，上立两只幼鹰，张目静伺。

七日归，已不觉疼痛，唯不可久坐，冬过春去，果愈无大碍。

巢

侍子无业，节衣缩食，虽甘苦自领，不曾向人低眉。李君忙务，谋思高就，人事不调频换东家，婆、姑常行周济。

李君因业出不便，意购车，银不足，婆出钱助之。日久，余向曰："吾等育二子无产，得薪不足月用，遇断业，常青黄不接。今值壮年，尚可奔劳，待老弱力乏，无产蓄，将如何是好，不若购房，早图晚景才是。"其寻兄议，银借交首付，购毛坯房百平。

开春装房，李君四下借银，愁眉不开，无奈，辗转向二姐借之。备砖材，兄来砌墙三日，复留银去。厅壁一角清水墙工事未了，二人动手和沙泥砌之。

往复几日，工成将归，忽起口角，恶之自行。李君后至怒呼，唯不应，任其粗语驾车加速而去。是日，街灯尽灭，径绝行人，树密路遥，余独融夜色，失形影化，唯闻步声。于后夜，步止院门，轻启入卧椅上，思忆旧事前情，尽付往尘梦中。

婆传话："翁因借银购车，郁闷不散，冷面绝口，情绝不容，望来接离。"与兄共往，翁二女携婿，一室人喧。婆发苍面怵，唇生疮疱，见子至，收理衣物，如得脊柱。

翁女见婆将离，泼口恶语，向李君讨还借银。见无应，怒愤发狂来扑，其夫、妹拉截，倒地翻滚，哭骂不休。物齐绝尘，月半翁约，与婆签书而离。

婆身躬背驼，虽年至耳顺为农妪，然重表爱仪。逢季必添新衣，每出细择勤换，与人言，频拉衣角，屡抚苍发。自来共居，日嫌天冷，晚恨夜长，眠占暖炕，嫌孙挤位蹬被。但食，挑精厌细，怨咸恨苦，若稍尝酸味，拧眉蹙目，满面褶起，呼之连连。遇头痛足痒，不顺意处，则红目抽鼻，若吃药时，怕苦惧甜，须旁劝代尝，才得安服。

某晨咳痰，街西寻医，有一翁坐诊，询病开药，归服症消，婆赞有声。隔日肤痒，寻翁开药，服之愈，几日嚏嚏，开口闭口称扬不绝。越天复呼胸痛，共伴至，翁语细声缓，正为人诊病。婆立望翁，眼空诸物，双目若勾，直盯不移。李君旁见，尬失颜面，现无奈之色。余则移步门外，交臂摇首，暗自失笑。

又夕婆云，眼花耳背，呼伴诊。李君推择他日。婆不待自去，而不见翁。问之："何去？"人答："翁永辞归养天年，再不来矣。"婆归，几番怨叹语默，诸病不起。

未几，婆怨孙喧，往长子家居，与兄续弦不合，转住女处。不日，姑来曰："母每餐后，楼下共翁妪闲话，常羡旁人有伴。昨日又出，归陈：'守儿女不便，人当有伴共惜，意欲觅翁择栖。'"几人共商，同词力拒，婆终再嫁望绝。

小　寒

新居入厅，迎壁一面仿古山水，飞泉溪聚，林深涧幽，半隐茅亭。壁侧装格扇推拉门，内设暖榻，置佛堂。向南两室，依窗相通为露台，各置书架、桌案、绿植，每见晨光内投，仿佛岁月静好。

梵儿智蒙大愚，行缓应慢，又频病，举手投足，多不得李君意，常遭苛责。见其言粗，常出阻相护。其便震怒不受曰："为父，权当此为。"故与意不苟而怨增。

还房贷无银，李君失业愁眉不展。寻友助，友亦自顾不及，互陈各艰，四目隐泪愧对，心酸而别。不日，友筹银来送，得济柴米。

李君遇故友方某，欢喜难尽，其身高体健，手足巨大，从商礼品。二人感慨述以家事。知余从绘，方某云："吾业兴友广，烦嫂为绘，不挑类别，但求精美，八九十幅不拒，画银勿虑。"

月余绘毕，李君送往，方某见画，呼友共赏后匿之，拉其赴宴豪饮，夜半才归。历月半，不提银事。嘱往询，其闪烁云："今日不谈银事，先把酒尽欢。"遂饮至面红目赤，大醉而归。

霜重风冷，地覆薄雪，梵儿着单鞋往校，厨中无米下锅，疼惜困顿之余，迫讨画银。方某店内，其礼敬称嫂，奉茶云以商界琐事，久不见正语。余直曰："画若不可心意，今来收回，待另重绘，若合意，早付画银才是。"其连曰："画精少有，不舍外送，决意私藏，明日即尽付之。"

归候几日，不见音信，问责李君速取画归。过午，终讨银回，为儿买靴添衣，得度一时之艰。

九龙图

临海潮阴，逢大雪极寒之年，无银通暖。二子晨昏校归，共练拳脚，以助强身健体。开春，李君往唐君处侍业，便常外出，数十日一归。余好洁，闭门少出，理物洒扫，室无余尘。

日伏案间，师弟传话："友，石岛人，羡交文人画友，欲登门一访。"过午人来，四旬王姓。陈己历，早从军务，退役靠海养殖，兼售红木家具。复曰："石岛有翁，藏明清水墨葡萄图，内隐九龙，叹为奇观罕见。"

去几日，师弟曰："王兄今来邀宴。"予拒。午后，二人携青田石料，请刻留石。半旬，师弟代取，隔日屡呼传宴当面酬谢，余辞拒往。师弟复曰："王兄慕嫂之才仪，欲再登访，邀观其藏。"余曰："侍儿务繁，不便频叙应约，待汝师兄归来再议。"

李君归，应邀午至。王某出迎，邀以宴，观其两处私宅，尽示所藏，末了邀访一翁。翁近七旬，瘦弱温文，好绘善书，藏大量民间字画。王某请示《九龙图》，翁取缓展，六轴通屏，每轴宽约九寸，长约四尺，年久陈黄，浮渍褶皱，上以水墨绘葡萄一株。所绘葡萄墨分五色，一树垂悬，布叶浅出各异，勒筋勾点大小淡斑。其主干弯曲刚劲，一侧横出半枝化为苍龙，瞪目扬须，几欲飞腾。余干上散隐入藤内，觅空伸出，依势而化九龙，或卧或游，或隐或探，奇思妙构，变幻莫测。

辞出，王某曰："吾羡此图久矣，几番求购，翁坚守不得，可否仿制，需银多少不计。"互约予诺，一力应承。不日送图，清案调墨为仿，晨苦日昏，月半功成。王某来观，变色曰："除纸质稍新，余皆貌同逼真，如出一辙，真乃天赐吾也。"取观原作无恙，收卷而辞。

转日，王某来取画，曰："近无银，愿以家具换。"予拒。其去来话曰："翁怨，图污损伤，责难索偿银巨，乃拜余赐，当同担共赔。"余曰："汝取画时，特令尽观无伤携去，今做此语，别有用心，若此，愿亲往翁处共对。"其闻，声断。

入夜将眠，叩门有声，启见王某，共一男一女入。男光首身壮，着军装皮草，口喷酒气，连呼观图。呈画观未几，男口出粗语，收图自取。王某一旁，不语任泼。李君意与相争，男挥身欲施手段，遂推其避，向之曰："儿年幼将眠，汝等速去勿滞。"三人身歪步斜，怀图而去。

师弟知此事，怀愤难平，携人寻王某讨图理论。逼不得已，王某曰："图不归还，自亦不存，愿对三方人面，焚之。"余三思曰："图乃历心绘，留世无过，终为悦人身外物，为之横生祸端无义，留其收藏便是，速止争归，莫滋事纠缠。"

浔　籍

李君辞务，曰："唐君表弟专事选材进料为主管，私收回扣，得财丰厚，又谋总监位久，惧吾夺位，布局工事失误，借机谗言。唐君怨责失利，不进释言，故辞。"

唐君登访，投诚劝归，予拒，面赤而去，传话曰："因工事受损，需银赔偿，限时月半，若肯重侍麾下，既往不咎。"二人合计不甘俯首，折价售车，得银尽还而粮断。丛君来叙，知度日艰，曰："才接此处商城，即将动工，可代理总监职。"留银去。

接职开工，早去晚归。元月雪降，一日晚饭后，李君折回查巡，闻传异声，见雪隐一车，几人私搬重材不止，其中王某，乃熟识工头。出止，候警收管。月余，接王某话云："因吾被拘受辱，失颜毁名，无人录用，家中无粮断炊，恨报此仇，若欲宅安，携银来见。"述之丛君调和，后，风平无声。

莺时，慈师信曰："亲往原籍周旋，户籍有望，速回报签。"闻之半晌如梦，出借盘费，于次晨，共抵洛都。

入城，人语乡音，风物旧貌，数十年如故。慈师客驿遥迎，雪夜一别十余载，今逢，一领僧衣，颜苍影冷。趋之交接，声容应耳恍若隔世，肺腑隐伤，不知所言。

下榻嵩城小驿，父从粤来，年高人瘦，鬓苍形悴。相见不语，含凄隐悲，自择一角落座泪下，近前递巾，拭之语默。

次日城办，签户取证，终结数十年无籍之苦。出遇一园，临湖径绕，正值春喧之季，迎目柳绿，草长莺飞，晨光斜晖，柳絮飘浮似雪。沉身其中，心柔意化，如解枷病去，一怀悲欣，无言难明。

归驿，二老坐候，各现愠色。出证分呈，父即外行，随送道旁。父回身怒曰:"吾将南归,为占卜,汝之一世,贫寒多病,漂泊孤苦。今一别,三载内,非散即亡。"转身而去。

姐至坐叙,业顺产增,家业殷实,态高姿傲,今非昔比,向余频出刻薄之辞。师曰:"办籍所耗之银,需各人自承。"余难掩愧色,但望延筹。师袍出现金数叠曰:"吾今不缺此物,若需任取。"予拒而出。李君嘲曰:"师非意诚相赠,但为显财耳。"

往游龙门,长街民居面貌尽改。登桥略览,伊河深阔,两侧商铺林立,游人蜂拥。蛤蟆嘴,依稀似昨。唯石洞群佛,岸边垂柳,飘扬如故。

次晨,叩门辞别,临行步匆,师后紧赶,询欲赠银。坚拒出驿,登车相望,挥手作别。

家　事

六月,补办婚证转籍等事。是年,兄由网媒结妇,数月因财不合而散。复识一妇,情投共居,唤诸亲见,能言善道,颇得婆意。兄之女,结学韩归,共聚一檐。时隔两月,妇厌婆吝女骄,婆嫌妇惰事多,相看两厌。

妇业商场,凡日售不尽之食,携归收纳。一日欲归探母,所藏鱿鱼不见,问:"鱼何在?"婆答:"为孙女食。"妇做立发之怒,女释而辩,各执不让。

次日兄出,婆厨内向妇曰:"此地为吾属,汝速去。"妇怒怼,女出而斥,三人恶语拉扯,报警录供。后,妇寻亲堵兄,索银而去。

兄之女，幼受叔怜赠书荐读，关爱有加。女素朴质纯，节衣缩食，勤学奋读，然高考落榜，自费半工往韩进读。三载归，发潮衣鲜，开口扬眉自诩为韩人。逢人便云："国弱人劣，不似韩邦月圆米香。"惜叔日艰，出万银以济。觅业售楼无绩，转从传销药物，殷荐亲属购买服用。

是日病卧，女携药来访，曰："婶身弱多病，此药服之，能调百病。"遂曰："价高无银。"其曰："婶无业少银，留之服用，亦可寻诸友巡售，但能得银百八，亦不为无用之人。"不容言拒，留药辞去。

未久女来话曰："共男友租店将商，有壁十四尺需饰，速为绘之。"因桌小难为，婉拒。其势必得，再三以迫，复拒。女逞怒，寻叔不敬宣愤。李君责之。转寻父诉，共催清还借银，赖姑周旋才罢。

姑为人淳厚贤淑，有女聪慧至孝少有。姐夫外营少归，遗姑独劳，育女成年，忽归神失，询云："工事伤命，负欠巨债，无力赔偿。"自此伤者亲属，日日登门吵闹，无以避藏。

一夕，姑扑地无觉，送诊为癌。择时手术，近午不见婆至，姐夫归责命往。婆咂舌曰："吾尚未饭。"姐夫顿发雷霆怒斥："汝女身命难卜，今尚滞一饭，为人母少有，不齿难容。"唤李君，怒责无余，令携婆速去。

姑出院，休养月余，房为夫私抵，银行强制查收逐令搬出。心灰意冷，默协婚离，借银择购二手小房，清心安守，与女伴居。遂叹姑之为人，自谓平庸，半生仁孝，历苦无言。遭变故劫难，自始至终，顺逆自受，语绝怨毁，质朴少有。

世间事

李君出归曰："慕姐师许老，为画院长，专攻西画，往来交频，提汝从绘，诺之提携方便。"

许老，面容宽善，指室摆新绘之作曰："吾不善国画，院内校师会员几人，俱非业专人士，故有意纳才招贤，若愿即来。副院为专校结业，绘精才高，汝等均从国画同为女子，可为友一叙。"

未几，步进一妇过四旬，面方人瘦身矮，黑发直肩，连衣白裙及膝，下露蓝裤两寸，足着绣花布鞋。闻荐笑曰："可示画一观。"遂出手卷白描、花卉等示。许老一旁言赞。妇沉观曰："吾当年在校亦绘此类，尽留为后人范本，有何奇乎？"转问："汝何校结业？师何人？"答其："无校无师。"复问："会写生、素描乎？"答曰："幼习国绘，不会西画。"妇突语促声高，呼寻纸笔，指一石膏，命共速写一比，态之咄咄，如上阵杀敌，蝇蚊见血。余遂笑答："吾不善此，甘拜下风，可否拜赏汝作，尽领赐教。"

其画室，壁悬花鸟、人物，案上横一幅荷塘图，繁杂朦胧。其曰："此图已画数月，将参赛送展。"指壁上人物傲曰此图绘时两载，参某展得某奖，为城中某巨商重金讨购。言间来电接之，婢膝奴颜，唯诺连声，转首骄曰："局长请宴，令吾速赴。"整衣径出。辞许院，曰："汝先归，待吾与副院议，收理一室，自来即可，余之静待缓图便是。"

归数日，无有声息。李君劝告曰："汝等皆为女子，应常往亲近，叙之以情，投之其礼，焉有不办之事？"余拒不往，即无声石沉。

手机铃响，偶入一群，奇而观见，各人聚众闲聊，每日展画以示。久识沽上人一云，其语迟诙谐，豁达识独，善论绘事。

入冬，姑姐来探，临行伴送，对余言："二子年幼需银，吾弟辛艰，汝常年闲居，不若任侍一业，但得千儿八百，亦不失为善举。"留银而去。一闻结郁，寻机思变。群内有画商，专收行画，不计价低，试绘以投。自此，伏案笔耕，所得添购家什，补及日用。

李君携一人同归，回神为刘君，人瘦体弱，举止语柔，内外慈悲。叙曰："那年妻子情断，父母恩绝，普陀山寺，落发修行，早晚一坐，潜心于道。久遇一师兄，怀断袖之癖，见吾几番欲纳不成，迫离别寺，尾后即至，辗转不得清净。"

"又当世佛门，实修者少，盲从逐利者众，欲得清修之地，甚为不易。出家十余载，两次受戒遭阻，数次闭关迫断，恶缘紧随难去，病苦加身煎磨。夜思儿母，如冰沁骨，业深障重，诸求不成，非三言两语可道。

"百苦之余，研习一技，以指掌触骨推穴，去病效显。遂离寺，随缘行医，兼寻可静修之处。近日游归探亲，父母发苍尤怨，儿已年长过肩，妻恨闭门不见。便由步散行，无银时，寺中师兄择时为寄，以助自修达愿。"言间浅笑，暗隐泪光哀色。

龙　岩

慈师信曰："别寺结夏，归龙岩每食不化，常觉身乏。主持、居士劝伴厦门查验，诊为肠癌后期，云：年高体虚不能医，嘱归养待殒。自谓出家四大皆空，决意求西。近腹痛，夜卧难眠，感来日无多，望见一面。"

乍闻魂惊，寻多年所藏之绘，托友折售得盘费，于烟台登机，至厦门已是末班。出见夜黑风高，空无一人。独行无灯，惶惶途半。有车缓随呼带一程，观其貌怖而拒。折返遇计程，内有长者曰："汝一女子，人单孤行，险而不便，何往吾送。"登车入城，为择驿去。

次晨，约地候师秦属共乘，沿山过村，越街穿巷，午至法泉寺。寺前横流一河，水阔渺延，远山村居隐而忽现。沿河遍浮香蒲、笼草，鸟鸣鱼跃，岸上果树丛郁，满结荔枝、龙眼。转望寺内，地铺青石，蜿蜒境幽，前后两殿，红墙朱瓦，三进庭深。两侧长楼双层，树密依丘，遥见慈师，一袭黄影，由远而近。

随后上楼入寮，依壁两端置铺、柜。东墙书案，叠列书籍，摆以衣钵，上悬师亲书之斗大"死"字。

师之疾，不择时痛，但发作，自卧语默，虽无力食少，于早晚课不辍。余效刘君之法，为师早晚以指掌推摩。每晨斋后，伴之绕寺环行，渐力添食增，心依有慰。

师与暇叙，忆往尘旧事，慨怀尤叹，来居士探望供养，皆领受欢喜。寺逢法会，居士义工聚行善举，遇人贫病苦，师尽出单金以施，曰："众生多苦，当尽己微薄以救助。"

余则久不近南地，酷暑湿热，水土失调，每日发湿衣透，汗下发热，服药以暂缓。

师喜食粥，一日黄米尽，见姐伴秦属出游，嘱之代买，摆颜不悦去。过午，长姐夫妇携女至，叙而叹曰："女岁十三，正似妹昔罗浮，背枪挂剑、赤足蹲廊年纪。"

寮房廊尽有佛堂，供观音、护法，环布红木座椅，中置木几茶具，每日换摆龙眼、荔枝不断。是日斋后，众人聚坐堂内，二姐起身归室，随语方便，代取衣物。其忽曰："汝人贫气傲，当己为何，指派买米拿物，何故自不出银？"语发如炮，点指云云。

恶其鄙，存意挫伤，缓问："汝今可辨南北？尚知姓氏否？"其大怒，斥之速还借银，且作势，扑前欲辱。遂态若，静坐目视不移。师见其飙，责令退避。姐隐愤归室，以首撞壁，号哭不止。长姐往劝有时，转来责怨余顽，不该招惹二爷。

阳关三别

自进寺，候守寮院，鲜行大殿人前。主持、知客师来探，一众礼恭围叙，唯余默观无言。

有女居士为寺义工，其夫从绘著书，见余，殷约府上赴宴观画。以师体弱不易出婉辞。复邀再三以拒，赠其夫画册去。师不悦，向曰："为人存世，不该清高性傲，当勤际互通，怎可心窄量小，拒人千里？"

京来护法女居士张某，其施财权厚，对主持比丘屈膝恭顺，见义工居士，任驱呼斥。师秦属，衣旧人朴，斋堂候饭，为张某公然辱欺，忍怨默受。

晚间，张某宿侧室为邻，因姐夜浴扰梦，横出以责。姐回敬曰："此乃寺公寮，非汝自家，若嫌吵扰，可速出择五星地居，勿多言废语，妄做狗吠。"王某涨面气绝去。后，但遇二姐，便转步绕行。众人暗笑云："春花对秋月，强匪遇恶霸。卤水点豆腐，一物降一物。"

余自病，低烧不退，服药效微，勉撑熬耗。熟思，若耽此病重，无力侍人，复添事乱，不若携师同归。述意，师拒曰："汝处尽为男众，吾为丘尼，同居不便坏律，若命数尽，又无寺众仪规超度。汝若归，当还办籍之银，银乃四众供养所得，若不还，消福添业，吾难瞑目。"

隔天订票，账转还银。粥后，共坐堂上，晨辉入寮，浮光影动，师神哀态若，酬嘱各事。将辞，趋怀一拥，举步径出，师持珠后送。至功德箱投银，回首，师凝望影单，登车哽咽，泪洒襟前。

归卧病愈，姐催还银，不容后缓。然自鹭回，已囊空如洗，禀知李君，唯烦嫌无计。路断水尽，愁肠百结，决意出谋，向其陈曰："子渐长可自立，此地轻文有技难施，吾已过而立，无成不甘，欲谋出而图。"

九月下旬，出画得盘费，临行，李君相送，哀色嘱曰："此去诸事随缘，唯当惜身，勿使其秽。"听之，耳逆发立，肝胆捣海，厌从心生。

沽上云兄，蓄短须，声缓语迟，稳健礼周。余坦见陈历，不昧所求。其嗟叹之余，助居筹物，不吝巨细。

闲游沽上五大道、文庙、鼓楼等。此地餐饮丰盛，老豆腐、锅巴菜、面茶、菱角汤、炸糕、锅箅儿、煎饼果子、打卤面等等，种类之繁难以赘述，唯任步放怀，品领海河风貌。

闭室案间，云兄常来探望。观画坐叙，小酌畅陈，意不合处，亦直言不忌，坦述赤诚。

腊月，思儿情切，不隐心灰绪乱，遂起归心。云兄来，陈意将辞，其宴请叹挽词穷。次日晨，踏薄雪相送。

伤　逝

慕姐与李君，联盟工程事，图便为之购车，自此任驱少回。某日归出议事，慕姐后至，无故向余责怪，嗔发不可一世。见李君，则和颜顺语，嘱之而去。

是年春，师曰："病苦日深，日夜煎磨，饮食难进，思汝调之食，愿来赁居静养。"余诺之，谓师病弃疗乃偏执，心存不甘，询友问医，决行争命。

询李君，可否暂移婆出，迁师入居便侍为调。李君以三字"无可能"而拒。寒心似灰，决意自为。长姐传责曰："寺主云：'汝母病无医，出寺不便，又无法事为渡，若执意外行，不可再回。'汝若允之，母有长短，吾将北上诛之不容。"听语，一念闷绝，师亦声无。

六月之末，姐传话曰："师身瘦如骨，行需人搀，食唯以水，好洁骨热，早晚取水为冰，虽卧语微，痛极不呻。恐来日无多，诸事无牵，唯念汝心切。"

七月，姐话曰："师之师兄弟，秦属各亲皆至，诸心已了，唯望见汝。"传师声，微呼余乳名曰："亚儿，吾时无多，唯思汝深，若能近前一面，瞑目无憾。"至此语断。

李君陈："愿携子，驱车往探。"予拒。

七月五日，姐告："师早醒，服一匙水，搀送净手，侍者不慎误师扑地，扶之归卧闭目，气若游丝。须臾醒转，细嘱身后各物，散分尼众，余之单金归还于寺，子女亲属，分文微物不予。复叹曰：'离汝父，至今无恨，亦无多碍，唯念汝妹，母女一场，若此寒凉心狠。'闭目于卯时，止息示寂！"

七日晨，寺办法会，巳时起龛，四众随行数百，往赤土南宣寺入炉茶毗。余灰罐盛，置于寺内灵骨堂上。

母秦籍宜君，自幼家殷，共兄妹五人。外祖重女视为掌珠，恃宠晚婚，因缘错织，识父于府上。避亲慕才，远嫁誓从，育子女七人，归缘各散，半世流离。执情为负，女庸失用，移志佛求，年过耳顺，受病苦折磨，殒身化影，遗怆空悲！

母去肠断，肺腑隐伤，一夜数醒泪湿枕裳，心摧骨寒，恍历冰川。为日诵《地藏经》，寄望它界升离众苦，托怀永安，以宽己心。

八月，姐复摧还银，售手卷，尽数清还，自此冤解怨平，各不相欠。

是日，埋首投绘，李君旁坐，依言起争，指余面怒斥，曰："汝家贫人贱，身弱少能，尽年赖人得存，若非吾养，早命亡无存。又妄出无功，德失品丧，不耻何颜以自容。"遂扯案画，张目而恃。

余冲冠投笔，意诀相别，执争两日，拒其诚挽，签证而离。

客　尘

余自降，违父求子意为女身，人碌性庸，无缘绝塾，厌舟车之奔劳。然运不随意，漂泊绝安，历劫涉尘，成不可抗之运命。虽有幸习文，根愚智浅，不耐久长，常趁情怀畅，即兴研习，浅入失趣，随之而弃。又厌繁好简，惯取大意，致使凡于作者名讳、年代、地域等，亡忆寡记，致无所得，可谓读书之弊忌也。

余重友亲，然，貌冷舌滞，执强自闭，于人不善示好交际。遇德才贤高、智旷之士，如镜映自身之陋，暗怀恻恻，慕而羡之，期以神会交感。若遇行殊夹私，偏隘粗鄙，仗聪欺弱者，则无分亲疏，恩怨分明，耻之不容以避。凡此种种，自知量狭度窄，刚愎疑多，伤人自伤，失友亲于须臾。

年幼食素，见荤心抵，稍长，堂嘱略进，味同嚼蜡，遇精善之味，亦浅尝辄止。独系口腹于面食汤类，投意专制，无惧繁杂，不惜尽取五味，研习各法烹调。

复慕侠好仙，痴武羡功，知妄不及，移情于戏曲。除黄梅调外，余之梅程二派，昆曲、秦腔、粤剧，入耳皆沉情不拔。兼养花草，不择品类庸雅，暇顾解忧，俯仰生姿，视为不可或缺之物。

谓人之习气，凡男子，优雅才高，仁德忠义者不论。唯云贪赌酒暴，吝谗凶懦，背信失责，于女色，见稍有姿，亡颜效蝇蛆之耽溺。逢此类，恰若临池踩粪，掩鼻不遮，其臭千里。

女子者，行世立足，多共同性而起争怨害，或人庸慧浅，或貌美才高，或掌权位尊。巧妒善嫉，明魅暗惑，能于蹙眉拂袖间，伤损折人于无形。故而莫道，自古男权使于女子儿多罪苦，首云，同为蛾眉，何曾宽惜过自类！

今之读书人，士风日下，纵有广闻穷读，落入知见，贯之通透者寡，惘内养，聚知识，陷执有为坑。昧智下愚者，得少谓足，且互踩相轻，唾面狞目，尤短衣失袍，弃履不遮，失顾体面而骄。遂叹，从文效贤之人尚且如此，小人贫弱，达商权贵，为谋私利失限苟且，亦不足为奇闻可道哉。

余之性，观花望月，对镜生愁，常于半寐未醒间，感此身终归永殒，不知从来何往，茫然而恐。随之，辗转运蹇，情迫离亲，为贫病交缠，惹怨聚非，添悲叠恨，受有身之累。偶遇道途参研迷津，耗劫穷智，拟脱根尘，至临崖断岩处，不期狭路相逢。得悟大地山河，根尘器世，于自性妙合为一，本无碍自在，遂绝读断阅，弃见理识，尽拂前砌。扪心谓，人身难得，能于释门一字句入者，若贫人怀珠，余生无憾。

岁游不惑，凉夜灯下，前尘浮虑。青梅素手，君恩柳下，几许儿女情浓，曲终人散，空叹多情，韶华逝去虚度。余性放任，裙钗偏生刚强，辞亲哀鸿，怨结秋霜，月沉西壁，南凝鬓白，怎堪频频回首。骤雨歇时，徘徊萦澈，更替露长，对影嘘嘤，和风浅浅散去。唯阶上，点滴，闲愁余悔未了！

云 水

金 陵

金陵帝史，华夏正朔，纳六朝古都，十朝都会，乃天下文枢，帝王奢州。前有吴越二王争雄之冶城越邑，后有咸王三国更治之陵邑建邺。史历异族欺扰、汉兴比伐、瓦砾荒烟兵燹之灾，而衣冠南渡，高宗易为留都。鸡笼山麓，朱帝大兴，国子监办，终明一朝，开一代之先风。紫金钟山，松涛林海，南麓阜寝，明帝之陵，石兽王像，宏宫巍峨，先贤共诸灵同游，山色与湖光齐收。雄踞独占，东南一隅，横流天堑，成盘龙卧虎之地。

环城依山傍水，楼阁林立，士农繁兴，商贾云集，民生天佑，为鱼米之乡，富庶之地。文心惠质，三教各显，葛洪道玄茅山，余丹烟一缕。释由汉入，法眼大兴，栖霞毗卢，群寺林立，尽隐一蓑烟雨。文昌荟萃，南北两监，八家九子，各显文章，风流聚汇，编永乐之典。集湖熟俊彦，儒雅之风，示斯文秀美，豪杰之气。

丁酉三月，风和日丽，予览金陵胜状，涉临秦河之域。若夫衔远山，吞长江，北源南麓，南源东庐，淮水内贯西出，横无边际。入城夹道，梧荫蔽日，鲜衣明眸，往来熙攘。拭目擦肩，为萍水之客；比肩接踵，是陌路之人。

登明城，凝玄武，举目城墙高筑，遥望天高云疏，俯察游人潮涌，欢声笑语，乐而失忧，不限春光时短。鸡鸣寺前，雕梁画阁，桃樱夭夭，稚跃之童，斑白之老，丽女汉服扶肩挽臂，登教池而虔祷，期永世以康宁。

夜游秦淮两岸，亭桥楼阁，灯影阑珊，龙涎沉香，红粉罗裳，青丝素手，凭栏思散。佳人画舫，调弦浅唱，清音婉转。舷浮绿波，桨泛十里烟云。文德桥北，夫子庙前，学宫襟连贡院，照壁应呼泮池。牌坊星阁，市易灯会，茶坊酒肆，八荒缘凑，继夜不休，繁华空前，成迷幻耳目之地。

南岸藕香居侧，闲看白鹭洲头，山远舟淡，遗阙叠翠，瞻园廊幽影碧。乌衣巷深，撩袍举足，文筑黛瓦，穿花斜柳，忆昔文盛金粉栖聚，骚人墨客举觞豪饮，怀情畅古，诗酒歌赋以娱。青溪夹水戚然，迢递纷起朱楼，建康馆里香君扇，桃叶渡口故人愁。绿水沉映玉人面，春山纱笼欲语休。

彩光耀路，宝车竞驰，华街弄巷，列以食胜。魏洪兴，奇芳阁，六方造物，八绝领首，会各界之异味，四方之珍馐。虞惊天膳，重在季鲜，四季焖炖，悉在庖厨。取罕材，驭五味，蔬丰不厌其精，酒醇不惧其烈。士卒贩民，袖挽举箸，觥筹交错，看更盏换，宴夜达旦，不觉良宵几度。

南途高淳，石阶粉巷，挑檐斗拱，垛墙横衍，商贸类分拥门。移游巡视，各物缤呈，折扇绒花，金箔云绵，头面银饰，织纺物造，不乏巧思极工之匠。

民之旧俗，六合域内，纳祥避凶，祀舞以五猖、解表，恣情增娱，取阳腔、目连，东坝马灯、江浦手狮。节则迎春守岁，着鲜衣，饮屠苏。元宵春牛首，挥弄龙舞。清明踏城，故地插柳。端午粽香，炒五毒，五色丝系长命缕，妇孺分饮雄黄酿。仲秋摆贡，聚赏桂影，三五摸秋，竞相走月，庭前水榭焚斗香，狮子山边望月楼。重阳登高，北极阁上，挥袖频进菊花酒。噫嘻！春去秋复，风物依旧，天意司律，民之乐甚，斯为诏告，大道之至简也。

客驿之秋，游至幕府之东，燕子矶头。拾阶南巡登道，陈脊旧影，花繁林幽，洞府沿壁暗潜。向上，亭碑默守，苍松交叠，峭崖孤悬绝立，三水围绕，杂木探俯，撼壁江涛击荡。极目远山隐隐，舟帆点点，水阔江流，浩浩荡荡，临昏风清，夕霞染壁，波光粼粼。涤怀触情，叹天地之大，怅然忧发，慨人身之渺。知不聚乎，消于尽，临斯水以吊北风！

灵　隐

杭州四月之绿茶阁，临水依园，竹偎柳斜，吴音侬语，春光怡然。友邀尝狮子头、四喜素鹅、西湖醋鱼、百合苦瓜、凉拌马兰头。呈肴者一女子，秀丽清冷，着青色长袍，举步衣袂翻飞，翩然有惊鸿之势。

下塌白乐桥，晨起钟声远鸣，窗外林传鸟啼，山青如海。沿径踏桥，清溪缓缓，水流淙淙，环视幽林郁翠，潜隐木香阵阵。林尽目阔，光倾耀物，两侧茶园依山，平铺如毯。

飞来峰前，山横如屏，树荫浓密，壁间石佛，或坐或卧。依壁流溪，趋地势之高低、深浅，汇聚成潭。石壁佛影倒映入内，游鲤摆尾划动涟漪，形碎迹摇，似无声之幻曲。

随径寺门，黄墙玄瓦，仰见康熙手匾：云林禅寺。大雄殿前，香烟缭绕，石塔高耸，殿侧立树一株，枝稠叶密间，绣球花白似盘。值申时，焚香合掌，天光一柱，斜倾殿脊香炉之上，辉光晕散，恍人眼目。

灵隐，为千年古刹，始建于东晋咸和元年，天竺僧慧理，至此驻锡开筑。经数代风云，至南朝武帝，赐田扩建，佛法大兴，香火鼎盛，为江南禅宗五山之一。主殿内外，隔扇彻槛，星檐吻兽，脊梁琉璃，板瓦覆筒。仰见，梁建高耸，藻井斗拱，释迦跌坐高约数丈，通体锚金，庄严恢宏。

出殿循阶而上，院廊罗列，殿宇巍峨，钟塔鼎立，勾檐垂铃，触目转颈石陈花繁。林深竹密间，有新生之笋，色褐粗壮，拔地擎天。近昏登顶微雨淅沥，天光隐没沉暗，下望寺脊复递，摇曳婆娑绿树森森。寺廊之灯，收光高悬幽红点点，一黑猫远处对望以恃，似欲凝当下一瞬，息长古之寂寥。

隔日雾锁山隐，微风雨斜，挽衣而游三生石，过永福寺，溪涨泉急，径滑人稀。周遭古木参天，庙宇潜俯，林壑淋漓，若行冗吟玄渊之界，幽冥暗籁之府。忽而雨急，尽湿履衣，驭清洌且振神，循故辙而林下，提速步以旋归。

大岭别野

　　风寒病卧，数日神清，于拂晓雾散，绕西湖岳王庙，缓步苏堤，柳丝轻曳，碧桃灼灼，海棠、木槿、紫藤，兼之以内。极目山峦浅淡，浮塔稀影，舟舫横波，柳醉湖酣。

　　断桥彼岸，孤山脚下，梧桐高耸，柳絮纷飞。经放鹤亭，过苏小小墓，至西泠印社，迎门开湖石瘦，环以庭阁。依山拾级千院柏、还朴精庐，摩崖凿石错落。下至湖沿四顾，水浊影沉，疏败萧瑟。

　　楼外楼上，食客云集，座无虚席。点看西湖醋鱼、叫化童子鸡、东坡焖肉、糖醋藕，依窗浅尝慢饮，目遥西湖，风轻人满，红襟翠袖。

　　十八涧归，徒步天竺寺。行绝人迹，迷途林入一谷，苍木蔽天，溪水蜿蜒。见一大鸟，长冠彩羽，绕树长鸣，入林而去。

　　富春江畔大岭别野，长墙灰檐，木门微启，两侧各一石鼓，约二三百斤之重。跨门对山，右立元代石经幢，上凿佛像朴厚自然，光罩其面，默而不语。

　　随径两进，依山半环崖壁，杂木丛生，壁间瀑流喧哗直下，循山脚奔涌自成泉溪。踏石板桥向内院廊旁，各立两株梅树，高拔枝扬。朱兄曰："此乃唐梅，一为殷红，一为绿萼，冬日花开，绝色仙姿，汝来不逢时，惜之不遇。"

　　通后院一侧，布立宋明石像生，虎卧狮俯，龇牙裂目，敦厚拙朴。信步间，一黑犬类豹，目隐寒光尾伺身后。拾级竹林上行，木密不透，腐叶厚覆，闲花野草丛生成障，山风阵阵，频送清凉。

进宅堂前正壁，高悬墨虎，藏尾缩颈，斜视睥睨。登楼趋窗，树攀藤萝枝叶交缠，串生紫花如囊，引蜂飞聚。投望春江，绿波微澜，山色青碧，如在目前。

主人朱兄，师从朱豹卿先生习绘，转添雅好，收藏古今字画。友曰："兄向藏丰，今友聚，可否慷慨赏览，以阔眼界。"其诺之登楼，臂挟画出，随置案上展观，有文徵明、董其昌、徐渭、八大山人、石涛、陈老莲等等，所藏之精丰，使人瞠目。

梅花屋

西湖南麓，钱塘江北，云栖坞里，老竹新篁深幽如海。大慈山间，白鹤峰上，茶树满谷碧洲绿云。

穿溪越涧出虎跑，至满觉陇，林下画友三五，叙以绘事。一人云："若论字画，孤绝清高，则不得人赏纳，故所绘当接地气，亲民意为善。"旁坐金兄笑曰："事绘从文之士，为自悦澄心，升境摒尘，不惜苦其身心，穷志尚不可得，云何失格趋庸，弃清流，随众好，以浊文心。"噫！予谓苏杭烟花之地，自明清后，应世多出肤浅甜腻之辈，此间竟还得一明眼爽利人。

朱兄邀游，绍兴诸暨天塘岗。一路蜿蜒山复，穿村山腰之上阳书院，云阶台旷，栽以梅樟。右侧依山飞泉汇溪，峭壁高矗，隐亭檐飞。登楼上层，木案文房，架置兰蕙，临窗向外，山色清濛，飞鸟啾鸣。朱兄试以挥毫，取长杆斗大之笔，尽水饱墨，势以大涂。运腕，墨溅纸破。一行哄笑，声出楼外。

西施故里，湖侧一老宅，院内石竹花开，拱梁灰檐，陈旧古雅。循廊里现天井，三面以木隔室，雕梁画屏，壁悬字画。主人郦姓，温润礼殷，奉茶邀宴，席上蒸焖煎炖，荤素精配，极尽丰盛。往来呈肴者，乃郦兄夫人陈氏。友荐曰："陈氏，乃陈洪绶二十八代孙。"遂呈家谱传观。问可从绘。陈氏笑曰："侍夫研馔，经年从商矣。"

会稽山荫，枫桥九里，煮石山坳之白云庵，默隐王冕故居。"梅花屋""心远轩""耕读轩"结草庐三间，乃先生栖身之所。昔闻此间，梅树花开千树，桃杏各居其半，夹地以出双溪，引水做以泉池。游鱼曾越千尾，蔬韭自栽百本，种豆约过三亩，余粟增倍有之。秋菊影瘦山黄，夏荷映池湖满，经年以绝客迹，麋鹿自来相亲。

予临一见，三径苍凉，松风低吟，田园荒芜，不见人迹。野草色枯尽覆，寒山萧瑟为邻，云庵空荡默寂，茅屋倾败不堪。不见清踪鹤迹，故山梅影，唯余洗砚池之半洼残水。

极目成怅，驻足云庵台上，山风贯耳，浮云去闲，夹山林木遮日，送以湖水泠泠。

姑苏冤影

苏州老街，巷深桥复，依岸环水，商浓民惬，行色悠闲。放步狮子林、拙政园，登临沧浪亭，山色湖光旖旎无限。

夜行平江路，华灯星闪，石径平陈，夹岸窄巷横列，房舍挨列，商铺繁多。所售丝绸旗袍，手工制品，间以茶楼、评弹，小吃酒肆。

跨桥，河深湍流，暗幽浊绿，映以灯火。临河老宅白墙半旧，门旁孤立一太湖石。入之一方天井，满壁残迹，树弯影瘦，两面拱梁楼廊，挂以鸟笼。内行洞开两室，布文房、茶具、赏石、字画等杂件。

店主年五旬，高大魁梧，蓄苍发及腰，旁有两妇，貌平人瘦着暗花长袍，坐嗑瓜子。有客观石询价，主人出应态狂，所问非答。随行者有知其内子名讳，循礼向一妇问："汝莫非病人之妻孟婆乎？"妇闻转首，偻腰佝颈，嬉笑步摇，态之肆意轻佻，恍若苏河之魇鬼。

本城人秋一，顶秃红衣，闲坐天井。来一持拐者，面色枯槁，唇黄齿焦，身矮形瘦，笑牵鼠须，示以一脸猥琐。友荐："此人顾姓，为知名诗人。"旁有北来赵氏妇，从西画，约四旬，浓妆卷发，裙长及踝，举止言谈不掩风情。与人热叙间，忽而面探余前曰："汝若此貌美乎？"一时失顾，不知何答。

出往两进宅院，花树宫灯，木隔壁扇，桌椅齐列客满。择坐，一清丽女子，呈小碟干果、碧螺春，续水慢饮。桌前台上，分坐两人，男着灰色长衫，手弹三弦，女着白底旗袍，怀抱琵琶，启唱《秦淮景》《赏中秋》。其调柔软婉糯，百转千回，至高昂处，刚断激荡，铿锵有力，吴音韵浓。

隔日，观前街赏画，众聚于茶阁。余避喧，出坐一隅。侍者为添新茶，未及饮，一身矮体宽光首人，挥汗座侧，询茶示饮。见其貌异悫厚，略礼于叙，知此人张姓，曾师杨惠义，习竹刻而显名。

坐有时，见赵妇，裹紧身黑裙，系红发带，臀摆婀娜，随顾诗人绕厅观画，解评不止。

须臾循壁，转角处，恰遇诗人，其迎面横截，视壁上画，问曰："汝北人，观吾南人之绘，做何感乎？"见其亡头失尾，炯炯而来，懒与之酬。答句："甚南矣。"径行而去。

猫 腻

虎丘向东张姓人，辟地二十亩，纳藏各石为好。往见群石分列，灵璧、芙蓉、钟乳、玲珑、昆山石、巴林石等，随处堆积。内有太湖石、青石，奇姿怪态，体巨大，高丈余。闻云各界赏石竞购者众，致太湖石缺，政令禁挖而乏，故而缘具银足者，能得一太湖石，为稀有之美谈。

识姑苏杨先生，斯文尔雅，事业艺媒，荐屠老承议画展。是月，先生信曰："事筹齐备，携画面议。"晚宿客驿，昏然入梦，暗夜幽院，一猫笑面旋以狰狞，转以臀对，翘尾露肛泄之以粪。醒而百思，不知何意。

次日呈画，先生询以画价。余曰："无识盲商，但凭为主。"其询再三，予示，恍见一丝愠色。晚席两桌，屠老近信蔡兄赶至，换盏近半，先生过余侧，怒色曰："勿应蔡去，丢失吾颜。"

散席，蔡兄约商筹展画价事宜，余坦意由二人主。先生嗔做鄙夷色，曰："汝为区区画价，三番数更，失吾颜面，勿称吾为先生。"闻其言蒙然，不知语从何出。蔡兄见曰："天色已晚，将早归复命。"先生向曰："吾等不随行，其画未备，此事后议。"见去，先生向余愤愤曰："苏杭界内皆吾友，舍吾，欲成事者，无有其理。"

惶恐礼辞，亦绝后续，遂穷纠，错在何处而不得。自感智昏愚钝，忽思夜梦之猫，恍然了悟。

留园始于明代，为太仆寺少卿徐泰时私园，有叠山大师、周时臣所堆之石屏，后为盛宣怀私邸。园内，楼阁水榭，湖光澄碧，亭轩廊径曲折四通，隔扇开窗玲珑有致，奇石峭削，竹色清寒，辅以百卉妊嫣，迤逦醉客。

转冠云峰、楠木殿，过济仙亭、亦不二，出待云庵、小桃坞，登曲溪楼、越五峰仙馆，至一处院落。内有三进敞厅，满座候观苏剧，台上一壮年宣怀，青袍覆冠，启口道由，门首以叩。出微丰五旬妇，妆红若霞，着艳服，提灯应门，口呼相公，迎之堂上，叙以政要家事。二人对答吟唱，衣鄙妆俗。末了，妇突转词向宣怀曰："相公，汝看这良辰美景，天色已晚，春宵一刻值千金，你我还是早些歇息去吧……"故作娇羞态，扯宣衣而去。

台下客闻，哄然大笑，议云："宣怀为仕从政，娶主母名门闺秀，不念大千里夜归，舟车劳顿，数语潦草急共春宵，思欲若渴，情何以堪？江南素称文脉集雅之地，戏剧亦侧重有史，尚遗此俗情滥词，由四海人观，失顾颜面，贻笑大方！"

出寒山寺，踏枫桥，转道西元寺。文载西元始于元，史有七百，属律宗道场。过智慧桥入寺，中通石径，两侧林茂，敬香出罗汉堂，循寺亭台馆榭，曲槛回廊。放生池畔，曲桥水溢，垂柳成荫，群鱼闲游，龟鳖惬意，有僧背手临池，驻望群鸽振翅击波。池中心八角亭，书以"月照潭心"，桥头敞厅成榭，紫藤苍根盘虬，蔽荫如盖。

江南远足，所览庙寺，烟火兴盛多耽于商，然此寺气正息纯，道风犹存。缓步以默，恍忆昔硕儿此间，遇老尼，乞济师呼鼋之事。而今余至孑然，鼋已两去其一，不觉怅然。

丁　山

邵东村，宅舍陈旧依山，白墙黑瓦盖覆低沉，房前屋后满目竹林，碧绿苍翠，清新湿润。

靠山，居一对夫妇，男川籍蔡姓，其妇王氏，温厚贤淑，制壶为业。此山中，泉水清冽，村民饮之多长寿，故外有求泉水者，蔡某即入山灌泉，远送而售。

其二楼一侧开窗，可远见村山，余壁满悬字画，布柜分格，置各式紫砂壶。室后角门，开之即山，竹高叶密，蔽避天光。坡间，草青丛生，春雨催发，时有笋尖破土探首。挖之粗壮过拳，改刀焯水，主人以腊肉炒炖，谓少有之味。

丁山制壶人范兄，其宅洁室净，陈以木器，环壁列柜，触目皆壶。依墙坐缸水满，内叠三尺赏石，菖蒲草青，数鲤闲游。

午备家宴，笋炖老鸭、烧鱼、焖咸肉、白水虾、青炒南瓜藤、紫米香笋，饮取自酿米酒、杨梅酒等。酒进肠暖，主人曰："此地民众，赖陶器为计，无分男女，家家制壶，户户竞售。若云壶之优劣，从泥料手艺处分，内含玄妙，非几语可详尽。

吾家三代，顺接此业，妻子儿女皆习制壶，勤勉家和，日有余丰，凭一技而小康。"遂以土语，向左右笑云："将与北人斗酒，以决量之高低。"

友私嘱："其酿之酒，味温而甘，初饮不觉，待察以醉，小酌为上。"未竟，主人添酒力劝，勉饮一杯，须臾，便觉目旋身浮，自踱室外檐下，引风凉以助醒。忖，向谓北人好酒，不想此间人，尤善豪饮。

山居，连日雨下不歇，入夜阴浸骨战，寒冷尤甚于北地。雨止，循村径山行，两旁篱栏临渠，油菜花黄，豆蔓青青，野草间杂。行而雨下，临山一湖水平若镜，色漾三绿，清可透底，雨乘风扬，飘落湖面，漫起层层涟漪。岸边花木，裹覆大小露珠，晶莹欲滴，使人不忍碰触。四围，竹林山色青黛如洗，云行半遮飞雾如染。

提步山道蜿蜒无尽，两旁坡间沟底，竹深参依，横石泉溢。复行，雨促风急，竹舞叶摇。脚下水漫石流，鞋袜尽湿，心头影事万籁，唯闻溪聒声哗。

山归，内外寒彻，王氏厨备剁椒鱼，出川酿之酒。坐饮灯昏，闲叙山寂，失虑忘忧，不知身在江湖之远！

经日放晴，出暖阳，见村人各户灶开，山间满挑鲜笋沸煮，路边、脊上遍而晒之。有植名乌饭树，摘其叶捣泥，包糯米置内浸泡一夜，出米尽染乌色，隔水熟蒸，得油黑之乌米饭，佐糖拌食，清香软糯，自成此地一味。临门，有妪制茶，其茶色泽黑润，嗅之淡香，取山泉冲泡，汤色黄红，饮之含香若溢。

远来川客数人，隔邻语喧。不日，秋一归携友徒，循邀赴宴，鸡鸭鱼肉，太湖三白，焖炖煎煮。杯箸交错间，一人仗醉疏狂，向之出言以辱。众人皆淡然，叙食无视。暗嘘江南人性情风物之殊。

是日冒雨迎风，往观太湖。临岸，雾起迷离，如纱似烟，芦茂蒲青，萋萋绿洲。极目水荡波平，天低湖阔，浩浩泱泱，无际苍渺！

美人图

常州又称武进、中吴。夜入一处私人官邸，文房书案，布以茶具，淡纱竹帘，置琴陈蕙。

出一女窈窕，肤肌白皙，青丝低挽，不媚而娇。素闻江南自古出佳人，自金陵至苏杭，欲览美色，悬目若痴，惜所见，或肥或瘦，或轻薄肤浅，或孤傲凌人，多归庸脂俗粉，曾戏云："江南美人绝迹矣！"今遇此女，谓不枉吴越之行，遂抚盏品茗，暗赏美色。女亦意投，偶目相接，嫣然一笑，神飞香动。

应邀宴尝锡帮肴，太湖白虾、清蒸白鱼、酱骨、时蔬、红酒等。坐上友名雨，貌丰厚，身挺拔，岁过天命，着黑衣披宽氅，几分桀骜，自谓姿绝，遇妇人，则调趣打情不避自然。其内子侧伴，进退温柔，端庄娴秀，虽不称艳丽，然清雅素净，不失为兰质美人。

西出郊东之寄畅园，别称南隐、沤寓。初址曾为僧舍，于明嘉靖秦氏辟之为园，占地约近十五亩。康熙至乾隆百年间，曾十二回南巡临游此地，留以章匾诗联，胜赞幽致。

入园过凤谷行窝，树高成荫，房舍院廊高低错落。锦汇漪，池开湖阔，映绿成碧，楼台隐于树荫，廊榭临水而建，架桥曲接，沿湖倚栏，树影婀娜俯探。移步，院过复院，碧萝松依，清凝盘幽，八音涧，泉汇以泉，引注流涓，逶迤声潺。攀山径斜蜿，垒叠而成丘壑，奇石藻覆，竹斜婆娑，二泉影澈，匠心谓之独到。

下梅亭，微风雨泽，倚廊凭目，林木沁郁，院檐雾笼，漫起一袭轻烟，似青女施妆淡，舒长袖而舞曼。叹游江南诸园，不乏玲珑巧思极智，俱不若此园，天然灵秀，凝纳清畅。

夜步梁溪，绕行南禅寺南长街。沿运河两岸，白墙黑瓦，房舍挨列，偏巷曲狭众多，为繁华喧嚣之所。巷内集商铺市井，酒肆唱吧，文艺手工，人来熙攘，别有小资调浓。倚栏清明桥，两岸红灯幽影，河水吟沉。

临河择坐，桌置果脯、青啤。面对一女，戴黑毡帽，身姿纤细，肤质紧致麦色，眉目清秀灵动，黑裙及踝，猫跟鞋头饰以银朵。偎坐雨兄侧，颦笑间，妩媚娇俏，不时俯身私语，你言他侬，不掩暧昧。

雨兄云："女聪慧过人，向吾习画有时。"即索画呈女观，予拒。其做嗔娇态，笑向曰："汝此为，乃欺吾不善绘乎？"余做浅笑转首，移视桥岸，江风微冷，人声浮动。

趋夜半，商铺闭门，一众起辞。雨兄携女相拥前行，长巷暗幽，微光投径隐现湿露，诸躁息寂。唯见二人，黑衣长影，步斜身晃，偶发女嬉笑轻狂，鞋跟轻击石板渐远之声。

人有癖

七月经临沂，览羲之故居，转途青州，途遇暴雨狂袭。随史进游古街牌坊，馆见北齐遗佛造像。

十一月至沧州，遇杨兄，以收木器字画、瓷器、古玩为乐。其宅廊梯对角，一石依壁，高约二尺，色呈米黄。人云："石占瘦、透、皱、漏，方为胜妙。"此石虽不全备，然占"古、怪、清、奇"四字，亦不为过。杨兄曰："石乃圆明园之物，难为稀有，辗转友处得。"复出，汉代漆器北斗勺，漆色古雅，以金绘制麋鹿，线质流畅，优美精简，品相上乘。

其喜植梅花，尤好斗蟀。梅花精培静置，便可默待花开，斗蟀则耗神时久。每岁临秋，便出寻罗，途跋远及豫、鲁，所得量达数百，若遇上乘之虫，耗万金亦不惜。归集置地室避光，饲以蔬果不怠，入夜不寐，旁闻群虫争鸣，谓其中之乐，不足为外人道也。

沧州地处渤海，民风淳朴，食材类丰，海鲜为首。晚宴众叙，从展子虔游春图，至近代画者朱新健。杨兄曰："昔，朱不得志时，闭门埋首勤于绘，食以泡面，饮以可乐，日画过百幅，价以百计。耽染女色，公然无忌。遇友需银，豪施重金不吝，鄙雅正邪难辨。吾与其厚，缘聚至此，纳其作，供以美酒佳肴。过数载，其名盛，画价达万金。后，半百病逝，画价飙至二十万金，然今人去，千金散尽，不复风流。"

右侧，坐一妇约四旬，窄面细目，发长齐颈，左肘支桌，掌心向上后仰，纤指夹烟吐雾如云，言语间，低眸流转，几分妩媚。才见烟尽，人称："丁奶奶。"殷呈为续。

友云："沧州，有三才女，均为校师，业授绘事而显一方。一为赵氏，一名玄色，余即丁氏，集貌美才气，专现代水墨。"散席，觅聚以歌，人影声嘶。麦轮丁氏，择悲曲，惋哀以唱，情柔神伤，惹人见怜。

余不善歌而辞，友出送道沿，一云酒浮身飘，足踏失空，扑地作大字。惊呼未落，便狼狈自起，若无事以言他。遂紧腮力忍，转行无人处，忍俊不禁，失声而笑。

下榻处登楼经廊，一室门开，秋一秃首自坐，赵妇浓妆，随顾诗人一众后至。后有一女，纤瘦面窄，长发后挽，面色清寒寡淡，出言直率干练。人荐女即为玄色，互注目以礼坐。

开酒重叙，人促呼，铺纸倒墨。秋一瞪目铜铃，出吴音曰："吾不识字，乃无文化人。"饱墨，挥臂而涂。有新婚夫妇，男俊女淑，意索其画，礼恭而求。应之旋就鸳鸯，戏称为"狗男女图"。

顾诗人豪饮无忌，索宣纸于地，屈体俯卧其上，运笔横书狂抹，口中云云。恣情任意之状，妄效魏晋之风，然若跳梁之丑。旁看者，如见沐冠之猴，应声喝彩，不亦乐乎。

打卤面

九河下梢之津沽，又称哏都。近京比邻，集商政工农、文艺餐饮，属华洋汇纳、五方杂居之地。民惯安居守乡，重习艺技，温饱有余，暇呼朋聚，畅饮为乐。

津沽运以百业，于绘事尤盛。西北角不远，有鼓楼，街绕十字，楼高三层，间分数百室，大小如鸽笼，满挂各类字画。上至唐宋明清，下至民国当代，山水、人物、花鸟、草虫，类囊十三科。每室皆有伏案者，所绘各专有长，高仿修补，通俗行画，琳琅满目。

此地于古画，早兴仿制，自民国陈少梅、刘子久等课徒授艺起，能人备出，高仿造术趋盛。所仿之赝品，从宋至今，含括各类，真假难辨，私售参拍，缘流各途。据云，市流白石之绘，十之有八，皆为津作之物。

五大道，树影连荫，长巷纵横，洋楼私邸紧偎，移步随止一户，门牌所示故主，非达官即豪富。院内或植花木，或栽果树，可见枣挂满枝，石榴垂垂。赤峰道边一幢楼高四层，四壁凸凹满嵌瓷器，形貌怪诞，匪夷所思。

据传，本域张某人，早年于马场道，首开粤馆，馔以熊、骆、鹿、猴、蛇、鼠、燕窝，效粤人网罗天飞地物，生擒活剥而烹，日进斗金而大富。银聚缘汇，识作家大冯，游北地，各处收古器物，类有北魏、北齐佛像，宋元石雕，明清家具、瓷器等。另购黄荣良私邸将居，除旧翻新，思筹饰案无奇俱废，与大冯谋，碎明清瓷器万件，镶嵌满贴宅壁，称为瓷房子，引众一片哗然。

经数秋，张某业债咎讼入狱，宅亦拍卖他人。曾借问一云："何故而出碎瓷镶壁之事？"其作无辜色，笑曰："此乃津沽土豪，老坦儿所为也。"

一云闲叙，曰："吾籍黄骅人氏，曾祖开办医院、烟馆，富甲一方。祖结学清华商科，为洋务买办。外祖邱姓，主事河运，乃漕帮之首，家道富庶，势强一方。母为邱家长女，向得溺宠，所需任取，囊不缺银，曾不知寒贫为何物。吾父早赴新疆，劳以军务，不惑，携眷归津，至吾辈，则势去运微。"

秋风阴雨，穿沈阳道，午出茶馆，移步至美斋六爷处坐。六爷，秃首方耳，形厚体健，背臂满纹盘龙日式花绣，行止暗潜虎豹之势。其夫人六娘，身丰雍容，应物含笑，智敏通透。

须臾推出一妪，年近鲐背，方面阔额，五岳丰盈，虽身坐轮椅，然耳灵目清。其为六爷之母，乃回族，祖上善制牛肉，晚清时开创至美斋，曾逢世乱回原籍孟村，育六子后归津，推车临街以售。待缘熟，开铺挂匾，名胜昌隆。

茶过数盏，友来几人，呼餐入坐。桌中摆一大盘，齐摆明分，有紫菜头、芥菜丝、绿豆芽、菠菜、胡萝卜丝、黄瓜丝、煮黄豆、鸡蛋、豆角、红粉皮等，赤红青绿，类丰色鲜。旁放清炒虾仁、青椒肉丝、糖醋面筋、肉炒香干。另摆海碗，内以牛肉、木耳、花菜、鸡蛋，虾仁等合炖之卤。众人前，各一碗面，纷纷夹取看卤入内，搅拌而食。

旁坐一男，为沽上老字号小李烧鸡店主，其妇，众人戏呼为"鸡婆"亦不愠，举箸笑荐曰："此名打卤面，为津人平素常食之餐。"

食间，六娘取海碗，频为一人加面添卤。其人壮硕高大，以筷卷面吸吞，转瞬即空，复添复尽，六番始止，食量之大使人诧异。人云："其好藏明清文玩，早曾店开鼓楼，后市落商衰，明哲早退。无别好，唯食量大，单早餐，须进清粥两碗，煎蛋二十四枚，小笼包一屉，如此始为果腹。"

对坐三妇，皆珠圆玉润，颈腕指间，戴以珠宝闪钻，华贵夺目。几人与鸡婆叙，皆以肥指夹烟随吸，不时抵首私语，间以笑出连珠。

稍待，于勃夫妇数人掀帘入，一云向一胖妇、一瘦者笑呼："喔，五梆子、臭豆腐俱来矣。"妇遂笑骂。

于勃、五梆子、六爷，乃一云发小，自幼捉鸡打狗，相爱相杀，同凳而食，至交不昧。五梆子凌姓，好饮酒侃乐，善调和人事，虽为银行之长，班后犹开车兜客，添补酒水家用。

其入座，袋出青萝卜云："此乃沙窝萝卜，旧时津人，晚间常取此物，净切长条，佐以茉莉花茶而食。"遂吐以地道津音，念曰："萝卜就酽茶，气得大夫满街爬。"语态诙谐，一众见之，齐敞怀哄笑。

救　美

怀柔地处京郊之北，依燕山南麓，临湖环林，景致独幽。

尺园馆前，石狮、银杏、蔷薇花繁，松下摆石桌石凳。园内进堂，立榆木漆屏，上满雕郭子仪祝寿图，前置石墩，上坐明代尺高观音大士石像。堂正中摆一铁铸花缸，内育蒲草，水映青青。

馆主吴兄，籍山西，身高八尺，浓眉虎目，含笑抱犬。其夫人郑氏，人润面慈，为备山西凉面，配以四色清炒，调油泼辣子、蒜蓉、麻汁，淋入陈醋，食之柔肠和胃，纯香味厚。

信步邻院，长墙成巷，木门半开，垂檐下书：留云草堂，旁栽芍药枝展叶秀。跨门两侧堆土成丘，上植牡丹萱草，内行径斜，开池架桥。池围以石砌参差，水平似湖，香蒲丛生，荷莲交臂，红鲤慢潜，野鸭远避以戏。过桥，凹廊迎壁，一株石榴，弯腰身弓，探水而望。池边岸角，近水造亭，太湖石高，依松盘根，纤竹影清。右行隔院，开月门，老藤爬覆，沿墙僻地种以果蔬，倚角罗网，所饲鸭鹅，昂首曳步，时而嘎鸣。

转偏门厅阔，横排案椅器物，饰以瓶花植观，至尽头隔间，布书房茶室，一女质朴素面，迎之烹茶。园主皖人许姓，字防溪，事绘写作，叨斗伴叙界内私密逸事，几人风流成债，几多贪婪醉迷，眉飞唇掀，侃侃而健。

馆办庆典，布画调饰，函邀四方。是日，席坐半壁，画人名流，吴兄携夫人倾杯以伴。未几，远来蜀地两女，长发窈窕，肤白樱红，娇呼巧笑，以应左右。

次日开幕，宾来客往，机访陈词，一时人喧。几位画者，饮笔饱墨，各施己能，拥满室，争前围观，有人不时高呼以赞。天昏，一众数十，载之山内，摆宴酬宾。馔轮五味，酒过三巡，人语嘈杂，不遮蜀女肆笑之声。

散宴夜浓，尺园吃茶有时，独不见蜀女，寻呼亦不应。郑兄沉面曰："女川来远投，遇非，存过难辞。"张森道："可试往许园觅。"郑兄闻曰："许园匿有贪色之鬼，独往当咎。"一云立起，曰："走，且往一探。"便踏步，当先而出。

随郑兄入园，遥见灯影人闪，跨桥内观，数人案前围绕。

许园主正乘兴浓恣意挥毫，蜀女则俏立案头，含笑观摩。郑兄俯窗内望，窃言以讥。

呼女出，归叙陈意，女笑应，以掩色难。添茶间，戈老酒气红面入。女转颈，向之请教画事，话头往来，殷答不绝。

郑兄待客散早归，久而不耐曰："夜深之极，戈老当早归。"戈老曰："稍坐无妨。"继接前话，连之以篇，所云之意，无非孰高孰低，当年今勇。

陈东道

尺园后通羊肠径，一侧为核桃林，叶落厚覆，随地可见黑球，大小如鸽蛋。去皮露核壳，纹理清晰，敲之出仁，蚀腐色黑。另一侧，插篱扎栏，划垄种菜，几棵桑树，果熟落地。内行一院，柿树挂果，枝出墙外。旁入阔林，草映木深，光透叶隙，风穿林响，示以秋声渐浓。

郑兄伴游箭扣，沿途山俯林布，河溪沼泽苇高连片，芦花如银，随风而偏。入山一村，夹沟径斜，水流石陈，两侧坡间，树木萧瑟。所建民舍错落，多取燕山之石，静幽寂暮，鲜闻人语，偶传数声犬吠。

循捷径，沿山脊，攀木穿林，俯岩而上。其间，藤萝蔓缠崖涧，乱石跌宕险峻，溪谷水流潺潺，椴枫松杂，灌木茂密，野菊花黄。抵顶，爬梯壁上楼。其内空宽，白灰石砌，四方四门北向开窗，砖弧形拱，颓残孤绝。高登顶台，飘摇欲坠，风卷衣狂，环览沟壑山脊，捭阖纵横，云腾霞霭，雄浑苍伏。

暮归，书者蜀人陈某，携妻女与吴兄夫妇叙。颔首互礼，邀宴通州，率眷先辞而去。

夜色沉暗，林木后移，几人驾车随后，外望路灯红黄，如觑夜之兽。车内，吴兄聊起乡情旧事，感慨之余，播以蒲剧。一老生敵喉，唱至悲怆情愤处，抬调激昂高亢，闻之如见，沟梁父祖，皇天后土！

戌时达地进馆，青石为径，辅以流水。陈某笑迎雅间，点毛肚、鸭肠、黄喉、肥牛、白菜等。一行远程腹空，待晓国兄至，锅内九格分红，雾腾水滚。主人劝动，举箸投水，不待两嚼，即肉尽菜空，遂放筷忍饥，众候添蔬。

水沸空煮，陈某叙以故事往闻，加肴之意迟迟。吴兄向其呼曰："吾等北人，胸纳虎狼之势，食量非小肚可计，速速加肉添菜。"陈笑曰："不急，时久夜长，缓食慢进，以叙谊为悦。"

稍后蔬上，旋刻即无，斜目悄望陈某，轻声慢语，话之云云，言之左左，磨磨叨叨，耗时延添。如此至亥时腹慰，末了，每人一只闸蟹，而终宴。

狮　城

霜月十八抵樟宜，范莹候接。转途三巴旺，空气清新温热，街道两侧，林立巨树覆笼。近见楼群，半环而建，楼壁为柱，上留孔洞以通风畅。依径临角，遍植椰树、美洲合欢、散尾葵。

登楼过廊，栏上盆栽石榴、米兰、洛神花，枝叶油绿肥壮，生机盎然。入室，门侧立五斗橱柜，内置各类细小摆件，旁一玻璃圆缸，两条斗鱼，一红一蓝，拖尾炫丽。过屏敞厅，靠壁陈明清条案、太师椅、圆角柜、衣帽架、顶箱柜等。

佟先生迎坐伴叙。范莹厨备，清蒸金昌鱼、黑胡椒烹蟹、白水虾、菜心等，复出久藏红酒，举杯以洗尘劳。

晨出，楼下转角，遇断尾花猫，身肥体圆，慵懒自卧，抚之安受不避。候车上见，满座皆肤色各异之马来、印尼、菲律宾及欧洲人等，奇装异服，神色稳滞泰然。身前，立一印度妇人，体壮肤黑，鼻饰挂环，着深红纱丽，守护两子待时而下。

忠邦城官道两侧，树木巨大粗壮，枝干延顶互牵倒覆，遮成浓荫不透光阳，树身寄生藤萝蕨类，奇妙而怪异。信步游目，樟树、桉树、橄树、菠萝蜜，花则有龙船花、蝶豆花、洋金凤、三角梅、南叶樱、扶桑、黄蝉、蒲葵等等。树下草间，落果数枚，大似李子，色酡红，质坚硬，询名不得。

入市餐铺排列，搭棚摆桌。散坐土人，多颧高面善，衣着朴素之翁妪，或食早餐，或展报读。旁有八哥，黑羽黄足，桌前随处跳跃，遇人近观，转头瞪目，淡然无惧。

趋望食谱有肉骨茶、海南鸡饭、沙嗲、炒粿条、福建炒虾面、印度煎饼等。点清汤粿条，待铺妪取材，投水沸滚，入碗加汤，撒香葱芫荽，择坐以尝。所谓粿条，即广式河粉，食之细腻润滑，瞬忽有遁粤之感。

览观菜市，架摆西洋菜、油菜、芥蓝、绿茄、紫茄、木瓜、苦瓜等。水果则榴莲、莲雾、菠萝蜜、释迦、百香果、人参果、杨桃等等。其中有一奇物，大如脸盆，形状似臀，色深褐，貌怪异。询属棕榈科，名海底椰。果肉细白香醇，果汁稠浓胶状，可用酿酒，亦可熬汤服用，有滋阴润肺、除燥清热之效。

范莹曰："此地土人，无分男女老者，自力务业为乐，文明守仪，言通双语，婚法严明，重尊女权，童子习礼纯真，不谙谎诈之术。"

午后雨下，临街取伞，往乘地铁，全程不见安捡。登乘扶梯，人尽左站，留右半为空，供遇急事者先行。

徒步，滨海湾花园悬桥之上。四望，草圃巨树，擎天似柱，湖波映麟，喷泉银柱连发，中聚小岛，椰树相拥。两侧群立槟榔树，其高达六七丈，茎柱顶端叶仰四伸，叶下根茎处，生花序下垂长约四五十厘米，上覆白花纷纭。复下之序，满挂红果如珠，迎日悬悬，艳丽夺目。

移步向前，内见花穹高耸，飞瀑流雾，穹壁满攀藤萝蕨类。沿廊循上，遍布雨林水景，依壁随生绿植花卉，品类之众，难计其数。尤以兰繁，有蜘蛛兰、文心兰、蕙兰、兜兰、石斛兰、淡紫兰、卓锦万代兰，红、黄、粉、白、蓝，花开簇拥，种以百计。登罗旋云梯，近观俯察，园内各类草本，灌木、水生、沼生、寄生，涵盖之类尽以万计！

崎岖近半，玻璃巢外，电闪雷鸣，雨暴沉黑。天光偶现处，金沙酒店横空矗立，模化于窗雨流注之中。下行入夜，园内彩灯光影，万花不眠。数株圣诞树，上系红果，饰以彩结金银，辉光流转闪烁，似银波星河。有新人着盛装礼服，对视嫣然，相拥树前。

老巴刹

盘桓几日，时感天热夜短，晨醒，范莹呼出，二人着凉拖挨肩慢行。沿道街净树密，草茂花闲，倚路栏，随落乌鸦、灰鸽。栏里坪阔，草青无际，遥见白鹭扑翅，间有二三野狗，体肥身健，追逐嬉戏，混迹其中。

市中金融区，高楼林立，棕榈相依，扶栏加文纳桥，江水涟涟半环。老巴刹，楼呈八角，顶覆红瓦，拱顶柱高，回廊划域，撑以铁铸，塑以花饰，粉以黑白。内有各类食档数百，集东南亚马来菜、印度菜、娘惹菜，粤风、闽味，本土菜等等。眼花缭乱，徘徊拣择，俱不称心，遂道：唯念猪肠粉。转瞬，不见范莹何去。

心懒乏坐，闲看桌前几位印度人，面前盘中，不知所盛何物，手抓而食。旁几只乌鸦飞旋，候客余残肴，趋之食。铺主虽频出驱赶，胆壮神安，旋去即归。恍神间，范莹手托一盘，近前笑曰："此可是汝相思物？"目移盘中，横陈三卷雪白，上淋青酱葱碎，展眉称谢而食。

徒步牛车水、唐人街，沙莪巷里，游人络绎，店面林立，所售多为工艺饰品，中式小吃等。几经转步，入金沙赌场，其内堂阔，灯光炫丽柔和，各类赌局桌机，横排竖列，庄家赌客，择类下注，以试运数。一云搓掌，兑码投注，三把皆输，难掩一脸悔惜之色。

三巴旺之海底捞，各点所爱，坐待肴齐，来一青年店员，头戴白帽，面含笑意，转身抖手，为扯宽面投锅，夹之蘸料下腹，胃和心畅。余向口刁，来此几日，叨扰范东道三餐苦心，竭诚细择，惜多不合口味。暗忖，他国别地之食，纵千殊万丰，亦难比故土之味。

宝瓶村临湖，建餐馆酒吧，湖内鱼游稠密，荷开叶绿，浮桥连岸。岸边黄椰高立，茅亭数间，有花鸭摇尾曳步，憨态可人。亭下，有夫妇携童垂钓，但得鱼，除钩旋放。

是日，佟先生得假，携子共往海边。临岸遍见鸡蛋花、橡胶树、糖胶树、杂色榕等，树荫浓密，海风阵阵。举步海滩，视以浪浊推涌。几名闽籍白裙女子，奔跑笑语声，不时隐于风浪之中。夜色暗笼，对岸马来西亚，灯火幽闪，左侧船场，明亮璀璨。

平沙铺布，摆以餐点，几人围坐慢叙。佟先生质朴温厚，陈为辽籍，曰："少逢变故，渡此谋事，敬业历变，成家育子。夫妇二人，守孤耐寂，此间拼搏二十余载，身为华人，其中辛酸苦乐，非旁人可知一二！"

酒吧街

暹粒气温炎热，触目所及，陈旧简陋，土人多黑且瘦。

一路扬尘下榻处，绕庭开泳池，植杂卉，进堂对门，供佛龛、鲜花，水果、香烛。坐隙，店员送姜茶，饮之清甜解乏。登楼，廊遇灰猫，身细瘦长，神色警觉而锐利。

夜至老城，窄巷纵横，酒吧林立，游人满座。一行登高棉厨房二楼，店中女子，瘦利紧实，菜上咖喱南瓜鱼、红烧焖鸡、咖喱炒饭、空菜炒肉等。复呈素汤，内煮胡萝卜片、豆腐、玉米、米粉条，汤色寡淡，果腹而出。

街闹人喧，数名残肢断足年约五旬之越战老兵，赤膊击乐，待施微薄。十字街中，有妇颈挂木盒，内摆煎炸之蜘蛛、蝗虫、青蛙、蟑螂等，其幼女一旁，手托长爪巨蛛，待人买食。

转巷衣店拥排，满挂笼裤、彩裙，花色艳丽多样。进一店，所悬衣裙披巾，款式精美别致，驻足流连，择挑以试。店主两人，乃巴基斯坦络腮壮男，头裹白巾，频为调配不厌。

红钢琴酒吧，点青啤坐饮，至微醺，游目僻地贫壤，彩灯晃闪，四方竞聚。人头攒动间，不吝消金使银，耗磨时光于灯火阑珊处。

柬埔寨，又称真腊，史载为文明古国。族以高棉，历经扶南、真腊，至吴哥时期施君主制，盛时创立王家军，兴造吴哥都城，后为泰侵法殖而衰。民多以农为业，教奉南传上座部佛教、伊斯兰教。民有普农、老、泰，斯丁、华侨、广东潮汕人等。

柬人生而信教，婚往妻居，有新亡，则门插鳄旗以示，夜间而行法事。葬分天葬、水葬、土葬、火葬，或奉遗骨宅堂、或供之寺庙。节有送水节、风筝节，斋僧节、雨季安居节、独立节、御耕节等。于饮食，蔬惯素，主餐以米，味喜酸甜辛辣。酬取低资制，贫富悬殊，物价平稳，奉行独立和平，中立不盟。

吴哥窟

起早，趁暗往吴哥窟。步止护城河岸，对望柱塔三门，回廊横长，影沉如墨，沿岸砂岩栏上，满座各国游人。过石堤，入象门，沿正东石径，两侧分立藏经楼，石门四出，内幽窗阔。复行，近见荷池，水浅而浊类似沼泽，游人持相机面东，围坐池沿，以候陵庙日出。

天光渐现，庙宇椰影倒映池内，一轮红日，攀升庙窟之上。霞光辉映丛林大地，仰面沐之，意懒神宁。

迎光东进，道两旁对列七头蛇形石栏，至庙门石狮俯守。登观所建庙宇，沙石垒砌，效金刚坛式，高叠三层，均围以登道回廊。其内廓，壁龛神座，顶拱窟隔，幽暗狭窄，石阶错落。各层洞壁坦柱，互通对称，盘以巨蟒，雕以毗湿奴、梵天、湿婆、莲花、释迦、天女、罗摩、鬼神、罗刹等。

千佛廊二层，廊殿绕庭，中立石佛，饰以黄幔。佛前石案，供香烛瓜果，地置草席，有土人妇妪，长袖裹裙，俯首屈膝而拜。殿前柱旁，胡坐黄袍僧，前放木箱，侧置鎏金供盘，铺红布，陈彩线，莲花罐满盛清水。箱前胡跪几位洋人，僧人持帚诵念，时尔蘸水弹洒洋人头面。跪者闭目，每受水，即激凌身颤，末了，僧为戴彩线而罢。

绕侧藏经楼，阶陡峭高峻。手足并用，攀顶基台之上，仰见巨柱高擎，庙窟雄踞，日光折射，蔚为壮观。游目庙壁，呈以乌色，朽迹斑驳。史传此窟兴建于十二世纪，乃扶南王苏利耶跋摩二世，为祈永治常尊，耗时三十几载，供奉印度教神毗湿奴而建。建寺之石，从八十里外荔枝山，人采车载，象拉至此。历经千年，兵劫火灼，遗迹丛林莽野，消磨颓废于风侵雨蚀之中。

攀主庙及顶须弥山，呈金字塔状，四隅四塔，中塔高耸，远望五塔如闭合之莲苞。塔围圈以廊壁，满雕神佛，精致细腻，极尽繁冗华丽。下至一层，绕行长廊，纵观塔庙三面，沟壕方分，石墙重砌，外围树木葱郁。偎廊阶小坐，见外坪庭有矮塔，前布供品，胡坐十余人，另十余人，皆着白衣，合掌绕塔而行。

午后步转荷池，休坐树下。有售椰者妇，持砍刀对椰劈口、投吸管，手速利落，顷刻而就。寻餐略进，绕出护城河边菩提树下，觅径融入丛林木深。

红树林

洞里萨湖路侧临沟，搭数间蓝顶木棚，售以杂货零食。立土路中望，四面荒僻远延，举足轻踏，红尘飞扬。左则沿堤为河道，宽数十丈，水色泥黄，依岸停靠众多木船，蓝漆黄顶，四面敞口。

至渡口，一黑瘦青年驾船等候。登之离岸，划河而驶，约盏茶出河道，水面见宽，沿河两岸水中，挨挤众多蓝顶木楼。其楼室高悬，底部取木柱支撑，老幼妇男，鄙衣遮体，杂居其内。岸上时有赤身稚童，遥向船上游人，挥手声呼，示以友好。

洞里萨湖，又称金边湖，位于柬埔寨境内北部，长五百余里，宽约百里，属淡水湖泊。其湖滨平坦广阔，河道纵横，有森河、菩萨河、马德望河，西北贯穿，交汇湄公河。湖集沼泽、红雨林、芦苇等杂植，水产鱼虾丰富，乃土人长依赖存之源。

昔高棉，遭越侵战退，湖遗无籍之残兵越民。取木造居，建学校、商店、邮局、医院，靠渔业游人顽生强存，而成水上浮村。除日间准许上岸购买所需，余时便归守湖上，任由河水漂浮涨落，不得上岸。

前驶泊一敞艇，游人集聚其上，靠艇水深林阔，穿行数十小舟。舟两头窄尖，身长丈余，腰宽处约过二尺。舟头各坐一妇，戴连巾遮阳帽，载各国客，划桨而游。船出芦苇河道，水面顿开辽阔。湖心泊荡未久，远处水映霞色，红日如火，连降于天水交接处。

掉船循来时河道，过红雨林，暮色渐暗，林木灰黑，葱茏枝叠，透以将沉红日。天光反射于林中水面，波闪银光，粼粼以动，晃晃而灿。

驶经敞艇处，游人已去，水上尽为将归之舟。舟头盘坐之妇，双臂摇桨，迎风逆浪，向前拼力奋划，观之一度，使人动容。所乘之船，无故几番加速，水花四溅，余衣尽湿。

次日倦乏榻上，周身不适。

巴戎寺

午达通王城南门，石桥两侧，分以跪姿排坐，数十尊高约六尺石像。右为修罗，戴军盔，狰狞凶恶，海口瞪目欲裂。左为神灵，圆锥形首饰，长眉细目，不失威武。两边石像之首，为扇形九头蛇，巨尾后延，众神合力拖夹其身，面各喜怒不一。桥下护城河深，两岸树木葱茏，城门拱顶砌塔，呈四面人像。下以象鼻为柱洞，穿之内行，巨木林立交叠。

巴戎寺前，林让地阔，随处有游人，以石垒叠之玛尼堆。寺门阶高，盘廊横廓，窗柱倾颓，四围空地林下，堆放大量残石断柱。上刻纹饰人神，或叙以物事舞以妖娆，或残存半壁一角，寂然卧陈艳阳之下。

登阶一层，断壁残垣，回廊壁间，浮雕满壁，循述以王宫征战，民生役事。扶梯避游人，逐层绕览，寺呈金字塔状，顶层为圆，立涂金佛塔，中空于下层通。四围环建，巨塔数十似林，每塔壁砌神情各异之四面佛，面面含笑，遥遥相对，神秘而震撼。塔侧，廊室雕柱顶低，洞开方窗，外接天光内投壁间，蚀影成寂，悄声似幻。立于窗前，可见庙脊佛面，经风噬染斑迹，尤瑰丽巍峨，似诉以昔王权私欲之盛。

癫王台林下，土人母女，售水果于路旁。购食间，数猴来袭，惊起慌避。售果者女，出逐之。有猴领首体健，向之龇牙咧嘴，嘶声相抗。女回持弹弓，捡石追击连射，众猴不甘而散。

径引林行，有柬人女童，瘦黑赤足，提手工制品，操英语，跟两名非籍胖妇后，殷推力售。非妇无意购，边行问童："汝几岁？"童答："八岁。"复问："上学否？"答："未上。"非妇曰："汝适龄当入校，可知否？"童曰："无银从读，故而售。"非妇曰："可知为售耽学，误之可惜？"童仰面稚声曰："所以，指您择买，得银便可进学。"见童伶俐乖巧，非妇齐笑而去。

塔普隆寺，墙郭倾废为巨树交缠，藤萝密攀，寂寂苔生。循览过半，力乏垂目倚壁偎坐阶上。林内异动，蹿出两条野狗，一灰一黑，体长身细，骨瘦如柴，厮咬追逐而去。南向几位僧人，鲜衣排序，依次过余前渐远，隐于庙宇之内。

蓄力至林外棚下，饮冰镇鲜椰，稍解不适。佟先生携子后至，二人一副倦容病势，拦车先辞。留下几人，强提气力，继游湿婆道场女王宫。回至酒店，佟先生与子，晕吐腹泄，服药不起。余亦症重虚竭，共范莹和衣而卧。

夜幕灯昏，一云叩门呼坐露台，持壶倒浓茶曰："见汝等不适，疑似不服异域水土，故尔特煮熟普饮之。"茶进两壶，但感胃畅症消，神回力聚，随发叹，早不知熟普竟有此功效。正议，街道突传轰然巨响。扶栏见一摩托，自撞石杆倒斜而远飞。车主茫然站立，安然无恙。

调养一日，佟先生转愈。将返，滞留西巴莱湖。岸边临河高架吊棚，棚内地铺草席，满挂吊床。卧其上摇荡，可见远山渺茫、河水浊黄，土人办炊，洋人浴游，身侧嬉戏之声不绝。

问　山

冥　庐

初至沽上，居津南之北，楼下有市，每晨喧至午后。年余，南移郊外辟地。居处前后皆园，遍植林木，间以亭池。每岁春开，园内海棠、桃梨，竞开满树，入秋则山楂、柿树，挂枝丹朱。

所居坐北向南，入门过廊为茶厅书房，简置书架、座椅、罗汉床，壁悬昔仿元人《鬼母子图》。靠墙花架、条案，置瓷器、太湖石、菖蒲。因不喜光盛，窗廊挂竹帘以避有荫，取光足处，栽种兰竹，架放石槽。复觅粗陶大缸，投泥埋藕。入夏，抽茎叶散，覆绿交叠，荷开一二。自此，少出耽守，起斋号为冥庐。

又爱鱼虫花卉，然草卉无言，常因侍不得法而折亡。初以陶缸养锦鲤数尾，得暇扶沿，银鳞星闪，红白戏游。惜月余，逐尾身漂体僵，相继而亡。扼腕之余，清缸更水，选优品，研详法复养之，晨昏殷侍，安然无恙，暗悦，谓不负辛劳。两月有余，出三日，归趋观，众鱼翻身瞪目，魂化西东。悔惜无辜伤命，不复此为。

子虚庭中，老梅盘覆苍石，花开凝玉，清气袭人，羡之不忘。游市得梅，计日而浇，经月含苞，侍之尤勤。霜月，花开满技，颜色浓艳，左观右端，俗容庸态，全无半点梅貌。友来观曰："此花类属海棠，汝从绘者，竟为花盲。"错爱惹人轻笑，恼之，架下别处。

越年，出银觅得十载老梅，其桩苍劲高过二尺，疏枝有致，不加取舍即可入画。侍半载，枝现苞迹，候之蕾绽花开，白中微粉，含蕊皎洁，人过风起，暗香浮动。半旬花衰，任其自干枝上，收入木匣。泡茶时，取投少许，观之悦目，饮之淡香。然，不过两载，无故枝叶凋零枯别。自谓但凡美好之物，俱不久长，况乎梅心傲骨，岂容人随意侍弄亵玩！

菖蒲为草不失雅致，购盆数十，培土埋石，栽成各式，观之青青。两月渐黄，逐盆慢剪细修，寄望葱绿如前。经日，叶疏半残，焦尽而弃。询善养者授之法要，历数年，复育几番，折耗数百，不得要旨作罢。

又择毛竹、罗汉竹栽于窗前，添水洒叶，竹影绰绰，新篁频频。过半载，叶干枝黄尽损余一，萎靡将衰。忆昔青州史进，院前缸内泡竹成翠。投竹浸水效之，月余渐苏，枝挺篁发，增叶盎然。心喜忖之，凡物有性，欲相悦，须舍得功夫深究，或许以门径，酬方寸之乐。

余惯喜旧物，凡属新器，浮离不适，遂量力淘觅为乐。友新添大漆圆角柜，形古朴，高四尺，宽约二尺半，铜件完好，为榆木京作清代物。左右详观，爱不忍释，折面商讨，友割爱而舍，置书房对案一角。苏州张毅处，得乌色卧石，交叠凹凸孔奇，配白石底座、卷几，摆于柜顶。每伏案抬望，石曲伏以山势。窃喜，足不出户，于斗室中亦可交感山气。

南疆子，入山得兰，惜之若宝，赠余三株护养两载。是日，花开两朵，白中含绿，淡香清远，仙姿似舞。慨云，梅寒不屈，兰清不争，历寒在山，不染凡尘。惜余等粗鄙之流，拙附风雅，蹙眉效颦，妄以媚心，拥如玉之风骨乎！

师　者

结庐泯志，消荫于晨光暮色，饲一鹩哥竹下。才来年幼不会食，一日两头调食喂之，每见近笼，便魂惊飞扑嘶鸣不止。稍长，辅虫拒食，换投水果蛋黄，年余体健羽丰，鸣声嘹亮，呼之为三宝。

惜其整日为笼所困，施恩纵之自由。初慎，左顾右盼，守一处做凝视，久则无恃，随处跳跃飞舞，任啄桌上果茶，遗粪便于书架几案。恶其逾矩，束之笼内。

某晨，自行衔门而出，遂以绸绳将门系之。一日，忽振翅绕室，欢鸣而旋，察见绳落一旁。更大笼重门，抓捕缚之二趋三逸，终擒其入，扑笼愤愤。得闲，教其只言片语，半载将过，但只食鸣，全无开口之意。是日，余染疾连咳，其忽开口，频做咳声。一友来叙，得意时畅怀而笑。去未久，突传三宝效其大笑之声，唯肖神似，几欲捧腹。

有五旬海归设计师，取藏地形色各异之石数吨，于繁华馆，出妙龄高学历女十余，继夜月半，线吊群石成方阵。置顶灯下射，石影投地，于上实虚交映，引观者称赞空前。

展散宴庆，众女皆着白衣，邻桌而候。席间有客，向设计师盛赞巧思独道。师得色曰："吾之构思，乘数十载功，与神助中得。石于悬时因大小形差，令众女取每石测之间距、计之光变、悬之高低，图之精准无误。"即呼女立桌前，禀以感想，有云：度量难测煎心者，遇障计穷泪奔者，石多体乏力竭者，意左嫌隙相仇者。师旁，作欣色辅曰："此女历高人聪，善体物事。此女性慧广思，坚忍多劳。此女年少貌美，温顺可爱。"

余忖，数吨石各吊，计之高低间距，不论半旬可否完工？但云群石密悬若林，观者只见其外，不见其内，然则每石精计，煎时而耗功，有何意义？若云工事之难，无非体力时长，若此，平民愚夫亦可为之，何需才高八斗伶俐女子，其中之昧诳，令人侧目！

某日，翻卷韩愈《师说》篇师道句。子虚、林萱携友不约至。礼坐煮茶，友面沉不悦，曰："吾友事绘，人鄙才薄，收银授艺。近日私寻吾徒诱向其学，屡拒频扰，着实生恼。"

林萱叹曰："吾为女好绘，勤学奋进，人称才备，自知尚多不足，渴结艺高博学者为师。年前，遇绘精位尊者，呈观己作，予赞人中俊英，慈言导慰，淡泊名利，摄心于艺。乍闻欣跃，谓得良师。往访之初，略叙绘事，示以画外勤读之功，云此生艰辛，盛名得之不易。复往则示，如今权势之重，富贵之丰，凡拜其为师近侍者，皆可进学登云。依汝之才，稍加提点即为翘楚，某月有展将提携，机可贵，慎惜之。别经月余，自思身寒路匮，凭己所学得一进途亦可。遂备礼复往。堂见二女子，笑面甜口殷侍左右。其曰：'两女乃徒，善绘能高，以择上荐，汝青年技低，才艺相比甚远，应归奋学，以备后来。'礼辞心灰，谓才疏，翘首以待展开。时至，公示画人三十余众，所作草草，其徒之绘，呆滞庸陋，离门径尚远。遂心梗，念绝此门。"

子虚笑曰："此事莫怪他人，当自责，为女偏生貌美，惹人垂涎，而成障难。吾故友，青年身贫至力于学，厚积中年，富贵才德誉盛于外。引四方来投，尤以女子居多，有志坚求学，图名趋利者，银足空虚，泪下投地慕恋者。友读书数十载，有糟糠共苦，谓文人窥破浮世，志尚清明之流，具八风难动之功，故而，留半门有缘者。某日，饮酒半昏，女徒趁机近侍，失控而就云雨。醒之呼错已迟，其妻怨而不忍，女徒进争不退，而成友亲，茶资笑谈。"

余曰："古之为师者，备慧眼，自寻根契者授，因缘得遇，恩重如山，情过父母。今人心不古，师道势微，有人欲学，但门外望春，不敬而图，但少有得，即目空亡顶。亦不乏才厚有志之士，溺水沉浮，需遇良师益友，成人之美，助步一程。然世事人心，因缘错纵，念纷千差，非己力可控。吾少从家学，才薄质愚，欲得良师日久，奈何至今不遇。唯任运自弃，随瓢箪食，放之形骸陌林荒径，寄情于山色云踪。"

述之，有京剧老艺人曾于众集公演，心生不满，至静场时，起身背手怒喝，拂袖而去。遂提及群女吊石事，不待话尽，林萱一旁愤骂。

子虚则曰："世事逆顺任运，不要执着。"一旁突传三宝高唱："不要执着，不要执着。"引其复唱，音色响亮，清晰无比。念凡物有灵而趣，略记之一二。

不值得

　　某兄家学殷厚，幼从私授，遍读经史子集，写文立说不下千言。某日闭读，突出庭中，取平生之著，投炉而焚。

　　问故云："吾自识字，博览诸子勤耕于读，凡见意辟句精，即细记熟背，不使遗忘。遇晦涩不明，便书于册，坐卧寡欢，反复思虑，若得少许解悟，云散洞开，欣欣而悦。近读老庄、《坛经》，意真言简，直指本源，谓世之至理，先贤所述尽矣！今人穷思竭虑，入海算沙，无出其右，故而一炬。"

　　余暇关注文圈动势，有著述发文必浏览之，所见多断根偏学，或求广博自谓多知，轻失内养，视典籍为糟粕。笔下之文，或立意不明，字词涩僻，或引经据典生堆硬砌，或故弄玄虚吟风诵月，或浮华空洞矫情造作。但存一二可观者，又拾人牙慧，了无新意，成狗尾续貂之作。不堪者，谋图私益，呈陋见庸文，嬉笑怒骂，口沫横飞，大行褒贬之能。或借文便，巧开蹊径推贤荐能，字里不避阿谀谄媚之态，若涂粉点痣，连姻说婚之媒。正若怀一兄之戏言："意为自显标榜，实如翘臀，以示屁眼之所在也。"

　　雨下连绵，林萱入之燃烟，闷声不悦，问曰："友商办文人画会，集善绘能文之士，以领风尚。初得几位资深来稿，久感单调乏味，转向圈内公征，而四方踊跃，然所到之稿，非文不对画，则言不达意，或粗浅直白。勉选一二，才发一期，资深友来责曰：'汝所推之人低劣，务必撤清前稿，吾耻之为伍。'

好语协商遭拒，友闷绝云：'所谓文人画，乃士大夫文余所为，故谓小技。时下，从文人画者百众，终日劳体挥毫，治学善文者凤毛麟角，若以文论绘，立标苛求，名质实归者，悉数清算能有几人？'"

久坐寡言，见其衣着考究，妆容精致，转镜赞羡。其曰："女子当自惜爱仪，于容貌力求完美。"为荐护肤热品，力陈神效，问价，低则数百，高达千、万。遂摆手笑曰："余半生无长，但存三癖，一乃吝情，二为吝画，三则吝银，若欲迫舍，如诛心纳命。凡所有物，盛极则衰，生必有死，此自然之律，若存可逆，天下豪权当无衰亡者矣。况乎，耗自银，悦他人，思银之疼，吾必然夜不能寐，更添憔悴，情何以堪？"闻此，其指余鼻，一手捂胸，瞪目作咳血状，曰："汝当真气死吾矣！"

近嗜睡，常觉日短坐卧昏昏，形销衣宽，半燃心香，借梨园之音了以自遣。余幼触豫剧，尚无知懵懂，但感其咿咿啊啊，朴实粗犷。至岭南闻粤剧，但感晦涩聒噪，久而辨音知意，别具风韵。后听京曲，梅调圆润，贴服耳根若裹珠含玉，堪称雍容华贵。程腔有《锁麟囊》《春闺梦》，其声抑扬顿挫，绵里藏针，摄念跟息，不觉为之几度升沉。又兼爱昆曲《牡丹亭》，虽演绎者众，谓老艺人张继青先生演绎最为婉转细腻，其韵之妙，不可言喻。闭目沉湎其中，忘情处，随扳敲指为拍，浑然忘我于外。

一日，正听《寻梦》之懒画眉，林萱不约至，哀色曰："将弃文从商，越洋远嫁。昔，亦曾情结同业才俊，相惜共勉数载，终无所成，怨对各东。今过而立，不堪蹉跎而做他求。此去前途迷茫难卜，特来一见辞别。"

去几日，来电相辞，慰祝词终。半晌沉寂，末了，其轻声叹曰："人生一场不值得，勿念……"

是夜，得父音信曰："年高尚健，耳清目明，事风水占卜贴补日用，复得小女膝前，似汝般乖巧伶俐。唯追忆往昔，继夜而不寐。"言间，一语三叹，老泪纵横。

鲜衣怒马

黄骅子瑞，荐识许先生，览其书斋私藏，引近朋从绘者八九，晚宴呈海蟹重达斤二，肉细黄满，鲜美异常。

次日共集高口村。其处盛产冬枣，有牡丹园数百亩，粉白纷簇，花开正盛。园侧开河植树，划域饲以群鹅，分界搭棚圈养火鸡、羊驼、马、羊等畜。

园中棚坐，一体貌敦厚赤面之人，呼坐以应，子瑞笑称其为高兄。高兄曰："吾，此村人氏，年少性顽。待长，披荆历辛投身木业，为促文兴，开会所展馆纳揽雅士，乃此园主。所植牡丹，可制食用油，售之得利益济乡党。今日开园，观花一聚。"

棚外村民几人，斩肉剖鱼，架火碌以炊事。将毕，乡人渐至，满桌焖炖熬煮，鸡鸭鱼鹅，时蔬野菜，尽属农家自产。旁坐一翁，指盘中野猪肉，赞曰："此物可养生美肤。"殷促多食。

未几，来两人抬一待宰黄羊，掷之棚外地上，蹬蹄身抽，愤蒭不止。有童趋俯与语，轻抚腹背，哀嘶尤盛，高兄见怜，解缚放生而饲。后，半载复聚，问及羊况，答："已为村人屠啖，为腹中餐矣！"

忆昔少智，杀生毁命，终至众亲离散，怨怼各执，孤影自对，现验因果，自谓佛语诚言不虚。怅然有失，沉察平生之迹，人微言轻，力薄慧浅，乏善可陈，渐趋颓废任运，敛芒收狂，自扫门前之雪。

余幼食素，及长体弱，遵医嘱，废惧因果，得进少许酒肉，谓可强身。又道，得失生死，无有定数，姑且自弃，略慰口腹之欲。

某日得信，友子弱冠，拜能匠为师，学艺初成，不分寒暑，熬夜不眠，浓茶烈酒，于晨症发而亡。众亲悲恸欲绝。自念今龄与其相比，可谓寿者，当律息调食，以度余光。

腊月，园外夜游，寒风冷侵，雾霾弥漫，烟含树影，笼遮河波不见前途。道边民出以烧冥纸，团团火光半卷风雾，迷离恍惚，似入冥界。感慨而发。人之一世，求学奋进，无非明志；穷通显贵，无非时运；友朋相聚，无非暂合；男女情长，无非偏私；六亲眷属，无非别离。生时有限，纵鲜衣怒马，亦追不得，细斟慢酌，实无一处可执拗耳。

大隐轩乌有兄来，言及参禅打坐，定慧等学，明辨唯识，颇有所得，似得一行三昧。云及持戒食斋，作色道："见初学人，虽诵经礼佛热衷放生，唯不茹素，依此行迹不一，丧慈无悲，何得人天佛果。"

见其言不愤，余笑曰："人家无禅不执，酒肉穿肠不畏因果，理事无碍，佛祖心供。何似汝礼佛数年，一日两坐，定慧双足，八风不动，能于方寸间，洞悉人过由起分别。不知兄所行持，乃何门大法，望能传之一二，吾当折膝以后效。"

其易色合掌道："六祖曰：若真修道人，不见世间过。若见他人非，自非却是左。他非我不非，我非自有过。但自却非心，打除烦恼破。憎爱不关心，常伸两脚卧。止非息见，始为佛因。"呼之受教，更杯而饮。

一日，思食肉，方待合齿，咬舌成伤。忍痛扶腮，启口复嚼，一瞬，于前伤处重力血出，其痛入髓，半晌不能言。稍缓，舌来委屈状告齿曰："吾受主使尝肉，何错之有？"余径向齿责："贪食者乃玄叶，何故歹毒咬舌？"齿曰："玄叶为吾主，无力越上施罚，舌乃同门相依，不能摒弃，又厌其屡贪口味，故惩。"见齿言凿凿，生愧止语，数日而罢。

问　山

昔，蜀人子虚，曾邀游峨眉，因事傍身，未能成行而憾。

秋末，拟游津北蓟县，其处又名蓟州，古称渔阳。渔阳古镇，腊月有庙会，汇集民俗各艺。是日往，唯见萧条索然，遇民集结山货堆售棚下，核桃、枣、板栗、红果、磨盘柿子、干菇、木耳、野菜干、腐乳等等，类丰天然。

街尽入独乐寺，环见辽建唐风、殿宇半颓、柱瓦壁绘、雕梁彩塑，似蒙千年之尘。周遭院落，浮陌陈乏，钟止炉空，树稀影薄，不见僧众，若去魂无灵之壳。

绕山数十里，抵九龙潭。入之，山狭潭深，杂木盘茂，巨石涧斜，飞泉溅溪。复行，山环簇起，壁皱若皴，林木萧瑟，叶落荒径，或浮水下流。游目，孤清静寂，果熟于地，水声潺潺，人语声绝，沿途几番，径断壁倾不见前后，近之突折，别开他境。

是年，硕赴杭读，梵儿来津求学，伴游身侧。临昏暮落风凉，恐天晚寒降，行艰路险，步速出谷，借宿于山间民舍。夜间，舍妇刨篱下野蔬，炊捕获之州河白鲢，佐以自酿果酒。月下倾杯，羡之茅居薄田之乐，舒怀畅饮，不觉更深。

半醺归室，和衣而卧，须臾门开，一道士入曰："候之久矣，可共一游。"随其后，出院登舟划入竹林，一路顺河，云雾弥漫，竹影萧萧。林尽，弃舟登岸，沿溪步入山谷。谷深不测，水淙内流，谷壁树植苍茂，盘以石阶木梯，登之攀爬，时而平行，时而穿洞。途中飞瀑如银，山壁遍布奇花异草，随处可见玛瑙、玉石、翡翠、珊瑚等奇珍异宝。至谷深腹地，立望两侧，壁峭千仞，山高巍峨。探首俯见，树斜藤悬，云起风涌，深不测底。目遥谷前，山山重叠，峰峰半隐，雾光云腾，鹤唳猿啼。

复过数山，依阶直下谷底，随泉而出，豁然洞明。映目桃红梨白，柳绿莺歌，落英随风，春光十里。林内河溪蜿蜒，田垄纵横，村舍错落，童妪相戏，牛哞于河。

问道士："汝何人，此何处，若斯胜境朴风？"道士答："吾左慈，此西海蜀山。昔往蓬莱，偶经此过，见人择洞居，性无男女不谙人欲，食取木叶香花，饮以山溪之泉，无生绝死，不识病苦字册为何物。遂不忍其居陋食简，取东海之黍米，授之以耕，绘木瓦之图，监建以居，传法制各类器具，促催事业商贸。

"自民食黍，渐分雌雄，由生七情。著典籍礼乐，为分上下尊卑，晓以事理仁德。择婚配嫁，束之五伦廉耻，布约制律，督范谋合法度，不过数载而繁兴。

　　"越百年，民分善恶，知勤图奋，好饮贪食，耽情嗜爱，逐降病苦现衰败象。复经百年，稚童、翁妪寿夭不定，受纳生死，不得自在。吾悔焚烧典册，撤销礼乐，绝尽商售，取忘泉之水涤民忆习。过千年，虽渐离病苦，仍沉情执爱，生死犹轮。"

　　复曰："吾早岁，厌离死生，身归道途，遁入深山，采天地之精华，聚神凝魄，历无数劫，而得此身不灭。然因不悟，寂光圆通之法，妄破混沌，开因积识，从空横有，造无边业。三千年后，报尽堕野狐，经九生九死，复得人身，始可重研道法，归宗正源，不受后有。今有无上道法一卷，依修，可疗世人梦想颠倒，祛病延寿，乃至不生不死。不日，吾将远足北海，知汝经此，特候相赠，期可普惠浮提众生。"

　　云罢，怀出一卷，上书"冥玄经"三字。待接之，卷忽坠地声脆。惊呼坐起，灯光昏闪，窗扇半开，推之风清以徐，凉月半隐，远处林笼山郁，孤鸟寂鸣。四顾茫然，不觉失神，恍惚不知，此身梦里，梦里此身！